「ご主人様、大好きよ、
好き……好き……！」
「あたし、ご主人様のものに
なるんだからっ！」

愛内なの
illust:方天戟
原作:DMMゲームズ
花嫁ハーレムの作り方!?
DRAGON PROVIDENCE
小説 ドラゴンプロヴィデンス

「髪飾りも嬉しかったけど……
クライヴに貰いたいものがあるの。
私のわがまま聞いてくれる？」
「何もしなくていいからね。
いつも私を支えてくれたから、
そのお礼……！」

騎士を目指す青年
クライヴ
Clive
一途なアルカナ
エリス
eris
街一番の踊り子
フィリス
firis

DRAGON PROVIDENCE
小説 ドラゴンプロヴィデンス

花嫁ハーレムの作り方!?

愛内なの
illust: 方天戟

KiNG novels

contents

Guest Character
コスモスの妖精
ルピー
rupy
騎士団団長
デュアリス
dualis
騎士団一の剣士
クリスティーナ
christina

DRAGON PROVIDENCE
ドラゴンプロヴィデンス

プロローグ
世界創造

太古の昔。

――そこは神秘の世界だった。

混沌を司る『カオス』。

秩序を司る『コスモス』。

ふたりは互いに力を合わせ、アヴァロンと呼ばれる大地を創ることに成功した。

そして、秩序と混沌を兼ね備えたアヴァロンは強大な力を持ち、そのアヴァロンから生命の樹《セフィロト》が誕生した。


コスモスは神界《アースガルズ》と神を、カオスは冥府《ニブルヘイム》と悪魔を創造。

二つの力を兼ね備えたアヴァロンからは幻獣が生まれた。


コスモスとカオス。

この相反する力が争うようになるのは自然の流れだったのかもしれない。

いつしか始まったカオスとコスモスの戦争は千年の間続き、この戦争は「ハルマゲドン」と呼ばれるようになる。激闘の末、コスモスは、自分の千年の命と引き換えに自ら結界となり、さらにセフィロトの力を借りてカオスを封印する。

眠りにつく前、コスモスは封印が破られた際のことを考えて、セフィロトの実に自分の一部の力と、その実を守護するための幻獣『エンシェントドラゴン』を宿らせた。

後に、この日のことは終焉《ラグナロク》の日と名付けられることになる。

月日が経ち、神や悪魔、幻獣が消えたアヴァロンに、人族が生まれた。人族は営み、王国を作り、そして長い繁栄の時代を築くことに。

時は、カオスを封印してから七七七年……。


セフィロトの力が一時的に弱くなり、カオスの封印も弱まった。

魔族はカオスを復活させるために動き始める。

時を同じくして、カオスの邪気に反応し、セフィロトの実からコスモスの力を宿したひとりの赤ん坊が生まれた。

ある聖騎士団団長に拾われた赤ん坊は、その男の元ですくすく成長していった。

そして、父親に憧れ、兄と共に聖騎士団へと入隊。

だが、セフィロト警護の最中、突然、巨大な魔族が現れ、彼以外の騎士団が全滅する。

さらに目の前で、魔族によって幼なじみの少女クリスが殺されてしまった。

その怒りにより、少年は覚醒する。

覚醒した彼に呼応し、エンシェントドラゴンと、妖精ルピーが目覚めた。

エンシェントドラゴンの力により、巨大な魔族を一蹴することに成功。

ルピーに従い、彼の力の半分をクリスに流すことで、クリスは一命を取りとめ、目覚める。

セフィロトから生まれた少年とクリスは、ルピーと共にカオス復活を阻止するため、戦い続けるのだった――。

◆

「——はずなのですが……」

妖精ルピーは少しばかり怒った様子で、街の中を徘徊していた。

頬を膨らませ、腕を組み、ずっとぶつぶつ言っている。

「まったく……急な出征で私は置いてけぼりですわ！」

セフィロトの使いとして、この世界に現れた妖精ルピー。

彼女の目的は、セフィロトの力を持った少年に付き添い、カオスの復活を阻止することだった。

しかし、騎士団に所属している少年が急に、遠方への短期赴任が決定してしまい、そのまま置いて行かれてしまった。

その事実を、今さっき聞いたルピーは怒り心頭。

小さな身体なのに怒りのオーラをガンガン出しながら、夜の街をさまよっている。

「さて、これからどうしましょうか……」

急いで追いかけてもいいだろう。

居場所についても、力を使えばある程度は特定することができる。

「仕方ないですわね！　……次に会ったときはきつく……。——ッ!?」

そのとき、ピクンとルピーの身体が震えた。

「……なんか不思議な力を感じますわね」

覚えのある感覚。

だが、それとも微妙に違うものだった。

「もしかしてまだこの街に……？　いえ、そんなわけないですわ。少し感じが違いますもの」

ただ、かなり近いものであるのは確実なのだ。

ルピーは不思議な力について訝しがった。

「この力……コスモス様の力に似ているような……」

コスモスの力を持っているのは、あの少年のみ。

だけど、あの少年は今は遠方で、ここにはいないはず……。

なぜ……？

理由はわからない。だが、コスモスの力に近い何かであることは確実だった。

「……少し調べる必要がありそうですわ」

ルピーは力を感じる場所に顔を向ける。

そこは、街にある酒場だった。

だいぶ盛り上がっているのか、いろいろな声がこだましている。

「あそこなのですわね……」

あんなところに、誰がいるのかもわからない。

もしかするとただの気のせいで、何もないのかもしれない。

それでもルピーは気になって仕方なかった。

「コスモス様の力を持つ者が他にいるの……？　そんなわけ……」

自分のそんな疑問を晴らすという意味でも、酒場に向かう価値はある。

ルピーはますます喧噪の上がる酒場へと進んで行った。


――このとき、煌々と輝く満月がもっとも高い位置に来ていた。

DRAGON PROVIDENCE
ドラゴンプロヴィデンス

第一章
踊り子フィリス

セフィロトの近くで栄える街。

この街は、多くの人々が生活し、ヴァーミリオン聖騎士団がカオスからの脅威を守っていた。

最近では、魔族がカオスを復活させようと活動しているが、ヴァーミリオン聖騎士団のおかげで街は無事だ。

今もたくさんの人が、夜の時間を楽しんでいた。

その中でもっとも活気がある場所。

それは酒場。

なぜなら——。

「いいぞー、フィリスちゃん!」

大の大人たちが大声を出しながら声援を送る相手がいた。

——フィリス・メルヴィル。

彼女は、この街でもっとも人気のある踊り子だった。

大勢のお客を前に堂々と踊り、そしてみんなを熱狂させることが彼女の仕事。

そして誇りでもあった。

リズミカルな音に合わせ、腰を振ったり、ステップを踏んだり……。

それだけで多くの男性……いや、女性も含め癒やしとなっていた。

「フィリスちゃん、最高だよーっ!」

カオスの脅威が大きくなったため、街では緊張感が漂っている。

今までも魔族との小競り合いは多少なりとも行われていたが、ここまで緊急が強まってきたのは久しぶりのことだった。

だからこそ、たくさんの人たちが癒やしを求め、この酒場に来る。

酒を飲み、うまい肉を頬張り、フィリスの踊りに手を叩く。

些細なことであるかもしれないが、こういったことがあるから多くの人たちが、息苦しい世を生きていくことができるのだ。

そんな彼女の様子を、端から眺めているものがいる。

フィリスの幼なじみであるも少年――クライヴ・アードレイ。

彼は大人気の彼女を見て、ただ驚嘆するばかりだった。

(すごいなぁ、フィリスは……)

同い年だというのに、すでにこの街には欠かせない存在になっている。

(それにくらべて僕は……)

鍛冶師兼、武器屋の息子ということで、将来は店を継ぐことが決まっている。

だが最近は、そういった生き方について疑問を感じていたのだ。

(このままでいいのかな……)

このご時世だ。父親の仕事を見ていて、鍛冶師が重要な職業であることは理解している。

聖騎士団に対して最新の武装を卸し、それを使ってもらっているからこそ、街の平和が保たれているのだ。

だが、

（いつか僕も……）

聖騎士団員たちを間近で見ているからこそ、クライヴの気持ちは決まっていた。聖騎士団に入り、この街を……フィリスを守る。

いつしか、それが彼の夢となっていた。

（必ず……！）

ぐっと拳を作った瞬間、曲調が激しくなり、舞台はラストスパートに入る。

もっとも盛り上がる瞬間であるため、酒場はまるで地鳴りのように揺れていた。

（さすがフィリスだ……）

この空気を作っているのは、幼なじみの少女。

天才的なダンステクニックに、見目麗しい容姿。

まるで神が手ずから創造したかのように、完璧な姿をしていた。

（そうさ、完璧すぎるよ……とくに身体とか……）

豊満なバストを大きく露出させ、お腹や背中はぱっくりと見えてしまっている。

そんな扇情的な姿をしているため、男たちを中心にフィリスはかなりの人気を博していた。

年頃のクライヴも、見てはいけないと思っていてもつい、揺れる豊乳ばかりに目が行ってしまう。

「ブラボー！　フィリスちゃーん！」

曲が終わり、フィリスは一息つく。

すると、大きな拍手が酒場内に響いた。

「みんな、ありがとうっ！」

可憐にウィンクをして、投げキスをしてやるとそれだけで、さらに酒場は沸く。

この拍手の音を聞いているだけで、どれだけフィリスが人気者であるかを知ることができた。

（今日の公演はもう終わりかな……）

汗を拭いて、控え室に帰ろうとしている。

クライヴは彼女のことを自然と見つめてしまっていた。

そんなとき。

「フィリスちゃーん」

酔ったお客がフィリスに向かっていく。

すると、肩に手を乗せ、

「もう最高だよ。ここで踊るよりもたくさん払うからさ、俺と今晩どう？」

と調子に乗った一言を放った。

あまりに直球な表現に、フィリスは苦笑いを浮かべる。

「あはは――……。そ、そういうのはちょっと……」

それを見ていた他のお客たちが、フィリスのもとへ集まって来た。

「フィリスちゃんはみんなのフィリスちゃんなんだよ！　だから、誰のものにもならないのっ！」

フィリスへの愛は平等であると訴える男。

だが、少し年のいった女性などは逆に、

「いやいや、フィリスちゃんだっていい年齢なんだし、彼氏のひとりやふたり、いるでしょ!?」

と煽ってくるのだった。

そんな言葉を聞くと、ファンの男は大声を上げる。

「いなーい！　フィリスちゃんは純潔なんだぁぁぁ！」

思わず涙を零してしまうお客たち。

それくらい彼女は、ここの酒場の人たちに愛されていた。

そして、誰しもが彼女と懇ろになりたいと考えながらも、うまくかわされていたのだ。

客のなかには「フィリスちゃんとキスできたら死んでもいい……！」と言っているものさえいた。

(フィリス……ちょっと困っているみたいだな)

人が増え、なかなか前に進めなくなってしまっている。

クライヴはそんな人混みをかき分けながら、彼女のほうに近づいていった。

(よし、ここなら……)

お客たちが「俺のものだ！」とフィリスの取り合いをしているそばで、クライヴはすっと、その手を引く。

「フィリス、今のうちに上に行こう」

酒場の上階は、従業員の休憩所になっている。

当然、フィリスは踊り子として働いているため、使用することができるのだ。

ふたりは喧騒の中、階段を上っていく。幸いにして、それを見咎める者はいなかった。

「ふう……もう大丈夫みたいだね」

休憩所につき、ほっと一息つくクライヴとフィリス。

運がいいことに、部屋には誰もいなかった。

窓から月明かりが差し込み、街の灯が少し入ってくるため、そこはいつもの休憩所と違い幻想的な空間となっていた。

「お疲れさま、フィリス。やっぱりすごい人気だね」

「ありがとう、クライヴ。だけど、ああいうのは少し疲れちゃったよ」

「最後はたくさんの人に、揉みくちゃにされていたもんね」

「うん。だけど、こうしてクライヴと……ふたりきりになることができてよかったかな」

フィリスはつぶやくようにそう言った。

「ふたりきりに……？」

「ううん、何でもないっ。あー、疲れちゃったけど、みんなが喜んでくれてよかった！」

「みんなを喜ばすのがフィリスの役目だもんね。だけど、今日は僕が君のことを、いちばん喜ばせたいと思う」

クライヴはポケットの中から、あるものを取り出す。

「え……？」

「誕生日おめでとう！」

今日はフィリスの誕生日。

だからこそ、クライヴは酒場に早くから入って、フィリスの仕事が終わるのを待っていたのだ。

「これからもずっと、僕の大事な幼なじみでいてね」

手のひらをフィリスに差し出す。

そこにあったのは、金でできた髪飾り。

「フィリスに似合うかなと思って作ったんだけど、どうかな……？」

クライヴは鍛治師の息子であるため、ある程度の細工ならできる。

今日の誕生日に合わせて、髪飾りを製作したのだ。

「ありがとう……」

それを見て、フィリスは目に涙を浮かべていた。

「え、ええっ!?　め、迷惑だったかな……？」

「違うの……」

フィリスは涙を拭いて、笑顔を見せる。

こんな可愛い笑顔を間近で見ることができるなんて、最高のことだ。

「すごく嬉しくて……クライヴがこういうことしてくれたから」

「喜んでくれたみたいで、よかった」

「だけど、私はね……クライヴと幼なじみ以上の関係になりたいの」

そう言って、フィリスは一歩前に近づいた。

「私たち、ずっとただの幼なじみだもんね」

「フィ、フィリス……？」

クライヴとフィリスは幼なじみとして長い間、一緒にいた。

大抵のことは共にやってきたし、いつも隣にいたのは彼女。

そんなフィリスをクライヴは大切にしたいと思っているし、恋人になりたいと考えていた。

だけど、月日が経つにつれて、なかなかふたりの関係が進展していないことに、気付いてしまったのだ。

（フィリス……）

汗ばんだ彼女が近づくだけで、甘い香りがしてくる。

（しかも、この衣装……さすがに迫力があるなぁ）

どんな男でもその気にさせてしまうほど、色気のある服。

もはや最低限の部分しか隠していないため、クライヴの股間が一気に反応してしまうのだ。

「ク、クライヴ……？」

さすがにズボンがテントのようになっているため、フィリスのほうも気がついてしまう。

「あ、あはは……ごめんなさいっ！」

すぐに謝り、股間を手で隠すクライヴ。

しかし、フィリスはその手を優しくどけた。

「ご、ごめん……！　フィリスのこと、そんな目で見ちゃいけないよね」

「ううん」

そう言うと、フィリスは首を横に振ってくれた。

「私で反応してくれて嬉しいよ、クライヴ」

「え……？」

「髪飾りも嬉しかったけど……クライヴに貰いたいものがあるの。私のわがまま聞いてくれる？」

「な、何？」

クライヴが聞き返すと、突然――。

「んぅ!?」

フィリスの柔らかな唇が自分の唇と重なった。

（い、今……キ、キスをした……？）

あまりに突然のことで、頭がおいつかないクライヴ。

しかし、身体は素直に反応してしまっていた。

「クライヴのここ、ずっと当たってるよ？」

「だ、だってそれは……！」

「それは？」

フィリスが妖艶な笑みで見つめてくる。

「フィ、フィリスがエッチな格好で僕に迫ってくるからだよっ」

「うふふ、エッチな格好はいつものことだけどね」

さすがにこんな美少女を目の前にしていたら、クライヴも我慢することができない。

「フィリス！」

「きゃ！」

思わず強く抱きしめてしまう。

「クライヴ、嬉しいよ。あなたがこんなことしてくれるなんて……」

「そうか……」

「ねえ、クライヴ」

「どうしたの？」

「私を大人の女性にして」

そう言われ、クライヴはビクリとする。

（お、大人の女性って……？）

「幸いにも誰もいないし、休憩所のベッド……空いてるよ？」

「ごく……」っと、思わず生唾を飲んでしまう。

「行こ、クライヴ」

先ほどとは逆に今度はクライヴのほうがフィリスに引っ張られてしまう。

そして、

「えいっ！」

フィリスがクライヴを押し倒してきた。

「うふふ。女の子も積極的にいかないとね♪」

「ええっ!?」

「苦しそうなココ、解放してあげるねっ」

フィリスはクライヴのズボンを勢いよく脱がしてしまった。

そして、ブルンと現れる勃起した肉棒。

フィリスはそれを見て、目を丸くしていた。

「ち、小さいとき……お風呂に一緒に入ったことがあったけど、こんなに大きくなるものなの!?」

「フィリス、恥ずかしいよ」

「すごい……大きくてたくましい……私、見ているだけでおかしくなりそう」

「そ、そうなの……?」

「うん……なんていうのかな、すごくエッチな気分に……」

フィリスの顔がとろんとして、息が荒くなっているのがわかった。

そんな艶かしい表情で見つめられると、クライヴのほうも我慢できなくなってしまう。

(フィリス、すごい……!)

下から眺める彼女の胸は、かなりの迫力があった。

少し動いただけでも揺れるし、いい匂いはするし、見ているだけで絶頂してしまいそうである。

「クライヴ、私が上になるからね……」

寝ているクライヴの上に跨るフィリス。

彼女はショーツをズラし、秘部を見せてくる。

「フィリス……すごく濡れてる……！」

「クライヴの大きなものを見ていたら、私も興奮してきちゃったの……っ」

フィリスのアソコは綺麗の一言で、毛が一本もなくツルツルで、鮮やかなピンク色になっていた。

初めてみる女性の秘部を見て、クライヴは何も言えなくなってしまう。

そんな彼をよそ目に、フィリスは割れ目を勃起した肉棒に押し当てた。

「ん、んぅ……か、硬いっ！」

「フィリス!?」

「クライヴは何もしなくていいからね。いつも私を支えてくれたから、そのお礼……！」

「お礼だなんて……」

「ううん。クライヴだけは変わらなかったから」

「え……？」

「私、踊り子として頑張ってるでしょ」

「あ……！」

クライヴはフィリスが何を言おうとしているのかわかった。

フィリスだって元々は、どこにでもいる普通の家の少女だった。

だが、たまたまダンスの才能が見いだされ、それがきっかけで今の立場になったのだ。

今でこそ街の誰もが知っている、酒場の象徴のような存在であっても。

でもそれによって、周りの人も変わってきたのだろう。

フィリスにはきっと、そういったことが寂しかったのだと思う。

「クライヴはずっとクライヴのまま……。だから、私は大好きなのっ」

そう言いながら、肉棒を蜜壺の中に入れていく。

「ん、んぅ……！」

「フィリス、無理しないで……」

少し入り口に入っただけなのに、すぐに果ててしまいそうだった。

それくらいフィリスの膣内が狭いということ。

彼女は少しずつ腰を沈めていった。すると、

「あ、はぁはぁ……い、いたっ！」

ピクリと身体を震わせた。

「フィリス？」

「大丈夫だよ。ちょっと痛いけど、このまま今、したいから……」

フィリスは腰を動かしながら、ゆっくりと膣内に入れていく。

何か壁みたいなものにぶつかり、なかなか入ることができなかったが、フィリスは強引に肉棒を挿入していった。

「は、入ってる……！　クライヴの硬いものが……！」

一番深いところまで入れることができ、フィリスのお尻が密着してきた。

肉づきのいい尻肉が肌に触れ、その柔らかさを確認することができる。

気持ちいいと思いながら、クライヴは結合部に視線を送った。

「フィリス……血が……」

膣から少しだけ血が流れてきていた。

それは、フィリスが処女をクライヴに捧げた瞬間でもあった。

「えへへ、これでクライヴと一緒になることができたねっ」

痛いはずなのに笑みを浮かべるフィリス。

彼女の姿を見ているだけで、クライヴは胸に熱いものが込み上げてくる。

「このまま動くからね……」

「う、うん」

「私、こうするのは得意なんだよ？」

尻をつけた状態で、フィリスは前後に腰を動かしてきた。

膝をベッドにつけた、グラインド騎乗位。

さすがに踊り子だけあって、その滑らかな動きは扇情的で、目を見張るものがある。

「フィ、フィリス……ああ！　くっ！」

「クライヴ、気持ちいい？」

「う、うん……」

「私もね、んぁあ！　だんだん気持ちよくなってきたよっ。クライヴのアソコの大きさがわかるのっ！」

「す、すごいよ……！　フィリス、締め付けてくる……！」

膣壁がみっちりと吸い付いて、肉棒全体を締め付けてくる。

これにフィリスの滑らかな腰の動きまで合わさったら、すぐに発射してしまいそうだった。

「ハァハァ……気持ちいいっ！　気持ちいいよぉ！」

「ぼ、僕もだよ……！」

「クライヴ、私のおっぱいも触って」

「え？」

まさかのリクエストにクライヴのほうも驚いてしまう。

どんな男でも一度は触ってみたいと思う、フィリスの豊乳。それを触っていいと言われている。

「んもう！　クライヴ、早くぅ！」

「わっ！」

クライヴの手を取ると、フィリスは自ら胸に当ててきた。

手のひらを大きく開いているにもかかわらず、収まりきらないほどのバスト。

少し指に力を入れ、揉むといやらしい形にひしゃげるのであった。

「あんっ！　クライヴ、すごいよ……！　おっぱいも気持ちいい……！」

フィリスのほうも乗ってきたのか、胸を揉むとさらに腰の動きが加速していった。

愛液が溢れだし、結合部に白い泡ができてしまっている。

「らめっ！　こんなに気持ちいいなんて……！　クライヴの、おちんちんが……！」

「あああああ、そんなに激しく動いたらもう出ちゃうよ……！」

「で、でも、全然止まらないいんだもん」

もう痛みがなくなってきたのか、フィリスのグラインドはさらに激しさを増す。

高速で前後に動いて、肉棒が前や後ろに引っ張られていくのだ。

(これが女の人の……！)

何度か妄想したことはあったが、ここまで気持ちいいものだとは思っても見なかった。

徐々に肉棒が大きくなり、硬くなっていく。

「ク、クライヴ……!?　まだ大きくなるの!?」

「だ、だって……フィリスが気持ちよくするから」

「ああんっ！　すごいのっ！　こんなに硬いものが中で大きくなるなんて……！　私、どうかしちゃいそう……！」

揺れる胸に、密着した尻。

ふとももの肉々しいところも素晴らしく、フィリスの身体には欠点なんてなかった。

そして、フィリスはこの街で一番人気の踊り子だ。

そんな子とエッチをしているということが、夢のようだった。

「ハアハァ！　フィリス……フィリス……！」

「はぅん！　クライヴ……私、もう……！」

「ぼ、僕もそろそろ……！」

肉棒がさらに大きくなり、限界に達しようとしていた。

フィリスのほうもビクビクと痙攣しながら、顔が天井を向いていく。

「あ、あ、あっ、あああ、ああ！　も、もう……ダメ……イっちゃ……！」

「僕も出そうだ」

「出して！　クライヴの精液を私の中に出して！」

「い、いいの……？」

フィリスの申し出にクライヴは少し戸惑ってしまう。

(き、気持ちいいから……このまま出したいけど……)

今ならギリギリで我慢することができる。

しかし、フィリスはさらに腰の動きを速くしていった。

「フィ、フィリス!?」

「いいから出して！　出してほしいのぉ！」

「う、あああ……ぐっ！」

イク寸前であるためか、フィリスの膣もかなり狭くなってきた。

きゅうきゅうと絡み付いて、肉棒からヒダ壁が離れようとしない。

しかも、超高速のグラインドまでしているのだ。こんなの耐えられるはずがない。

「う……ぐ、もう……！」

「私もイク！　イっちゃう！　クライヴのおちんちんにイカされちゃう！」

「で、出る……！」

ペニスが急激に大きくなったかと思うと、一気に精液を吐き出していった。

「アアアアア！　出てるぅぅぅ！　クライヴの精液が……！」

「はぁはぁ……はぁはぁ……！」

「す、すごい……お腹の中にいっぱい出してもらっちゃった……」

射精が終わると、フィリスはゆっくりと腰を上げた。

ペニスが膣内から抜けると、どろりと白い液が溢れだしてくる。

「クライヴ……いっぱい出したね」

「フィリスの中が気持ちいいからだよ……」

「ふふ、これからもずっとふたりでいようね」

「うん」

ふたりは口づけをし、強く抱きしめ合う。

もっとも高い位置に来ていた満月は、ふたりのことを優しく照らしていた。

DRAGON PROVIDENCE
ドラゴンプロヴィデンス

第二章

夢を追って

翌朝。窓から光が差し込んできたため、クライヴは目を覚ました。

「んん……もう朝か……」

視線を少しずらすと、そこには裸のまま寝ているフィリスの姿が。

彼女の美しい裸体を見ていると気恥ずかしい気分になってくるが、この光景こそまるで夢みたいだった。

（夢みたいと言えば……）

幼なじみであるフィリスと初めて一つになった。彼女の膣に自分の肉棒を挿入していたことを思い出すと、すぐにでも硬さを取り戻しそうである。

（僕……フィリスと……）

小さい頃から気にしていたとはいえ、面と向かって好きだと言われるのは嬉しい。

フィリスからの気持ちを無駄にしないためにも、これから頑張ろうと思う。

「ん……ふぁ～。あれ、クライヴ……もう起きてたんだ」

あくびをしながらフィリスが目を覚ます。上体を起こして、眠そうにしていた。

「おはよう、フィリス。もう少し寝ていてもいいのに」

「大丈夫だよ。昨日は激しく腰を振っちゃったけどね」

「フィ、フィリス……！」

いきなりの大胆発言にクライヴの顔は赤くなってくる。

「あはは。クライヴの顔、面白いっ！」

「だ、だって……」

「だけど、私も嬉しかったんだよ。クライヴと一つになることができて」

「ぼ、僕もだよ……！」

フィリスが自分と同じ気持ちだとわかるだけで、胸が弾むような感じになる。

このままずっとふたりで仲良くしていられればと、クライヴは強く思っていた。

「クライヴはこれからどうするの？」

ベッドから出たフィリスは着替えながら、そんなことを聞いてきた。

「今日のこと？　えっと、まずはお店に戻って……」

「違うよ」

言葉を遮るように言う。

「私が言いたいのは、将来のこと。クライヴはこのまま武器屋を継ぐの？」

「……」

そのことについては悩んでいた。

クライヴの家は、この街でもそこそこ有名な武器屋である。

それゆえに、ヴァーミリオン聖騎士団にも武器を卸すこともあるくらいだ。

その武器屋の息子として生まれた以上は、家を継ぐことが当たり前。

今も跡を継ぐことができるように修行しているという日々である。

だが、クライヴは決断することができなかった。

（武器屋もいいけど……僕は……！）

実際に戦って、フィリスを守りたいと考えている。

武器を売るような裏方の仕事も素晴らしいと思うが、剣を持って戦うほうが自分としてしっくりくるのだ。

「クライヴ、もう決まってるんでしょ？」

まるで心を見透かすようにフィリスが言ってくる。

「だったら、迷わずに進もうよ！」

「フィリス……！」

いつもこうして背中を押してくれるのはフィリスだ。

だが、彼女に背中を押されると、ものすごく心が軽くなるのだった。

「わかったよ、フィリス！　僕、自分のしたいことをしてみようと思う！」

「その意気だよ！　だけど、クライヴ……」

フィリスが頬を染めながら、目元を手で隠した。

「まずは服をちゃんと着ようね」

全裸であることをすっかり忘れていたクライヴだった。

◆

クライヴたちはヴァーミリオン聖騎士団の宿舎へと向かった。

そこに行けば、団長であるデュアリスに会うことができると思ったから。

だが……、

「あん？　団長はいないよ。いたとしてもお前たちのような奴に会わせる義理はないな」

宿舎の前で警備していた騎士に話しかけると、そっけない返事が来た。

「でも、僕……！」

「何っ!?」

強面で睨みつけられると、クライヴもたじろいでしまう。

しかし、こんなところで諦められるような夢ではなかったのだ。

（せっかくここまで来たんだ……！　出だしでつまづいたからって……！）

食い下がり、クライヴは説得を続ける。

「どうしても団長に会いたいんです……！」

「どうしてだよ？」

「僕……ヴァーミリオン聖騎士団に入りたいんですっ！」

大声で言うと、騎士は大笑いを始めた。

「あっはっは！　お前みたいな奴が？　騎士っていうのはなぁ……」

腕まくりをして、ぐっと二の腕に力を入れる。

大きな力こぶが出来上がり、筋肉を見せつけてきた。

「俺みたいな屈曲な男じゃないといけないんだよ！　お前みたいにひょろい奴が務まるわけないだろ！」

「……ッ！」

そこまで言われてしまうと言い返すことができない。

武器屋はそれなりの力仕事を必要とするが、さすがに本職の兵士には勝つことはできなかった。

クライヴたちのやり取りを見かねたのか、フィリスが一歩前に出る。

「ねえ、あなた！　そんな言い方はないんじゃない!?」

「お……あんたは」

騎士の顔がわかりやすいぐらいにだらしなくなっていく。

「踊り子のフィリスちゃんじゃないか！　近くで見ると、かなり可愛いねぇ」

フィリスが美少女であることは認めるが、さすがに態度が違いすぎるだろう。

クライヴは内心で突っ込んでいたが、口には出さなかった。

「私のことはいいんです！　なんでクライヴの話を聞いてくれないんですか!?」

「フィリスちゃん、あんただってわかるだろ？　この男が剣を持って戦うことなんて、できそうにないことが」

「やってみないとわかりませんっ」

「そんな甘くないんだよ」

「私、諦められないんですっ！　クライヴもそうだよね!?」

「う、うん……！」

突然、話を振られてしまったため、噛んでしまったが、気持ちとしてはフィリスと一緒だった。

何より、自分のことでここまで彼女が本気になってくれることが嬉しかったのだ。

「困ったなぁ……」

と騎士が頬を掻いていると、

「どうしたの？」

そこにひとりの少女がやってきた。

茶色の綺麗な長い髪をしていて、身体は細く、美しい。

(誰だろ、この子……)

騎士団の宿舎の前に、無関係の美少女がいるとは考えられない。

お手伝いか何かなのかとも思ったが、身なりも整っているし、妙に落ちついているからそうではないだろう。

(気になることと言えば……)

騎士のほうがかなり動揺していることだ。

「ク、クリスちゃん……!?」

「なんか騒いでいたみたいだけど？」

「いやぁ、騎士団に入りたいって団長に会いに来た奴がいてな」

クライヴは不思議に思っていた。

(このクリスって子、何なんだ？　騎士とも顔見知りみたいだし)

騎士の態度も、自分たちに向けるような偉そうなものではない。

むしろどこか恐縮しているような感じだった。

「ねえ、あなたたち」

考えごとをしていると、クリスが話しかけてきた。

「騎士団に入りたいの？」

「あ……はいっ！　僕、騎士団に入って……守りたいんです」

「守りたい？」

「この街の人だったり……大切な人を……」

クライヴが真剣に言うと、クリスはくすりと笑った。

「ふふ、あなたの目……本気みたいね」

「え……？」

「お兄ちゃんに会いたいんでしょ？」

「お、お兄ちゃん……？」

まさかの言葉にクライヴは繰り返してしまう。

「団長のデュアリスは私のお兄ちゃんよ。私は彼の妹の……クリスティーナ。クリスって呼んでね」

クライヴは大きく口を開けたままだった。

◆

「ここをまっすぐ行けば団長室よ」

クリスが通してくれたため、宿舎へ入ることができた。

しかも、デュアリスのところまで案内してくれるらしい。

「しかし、本当に面白いね！　直談判で騎士になろうとするんだから」

「そ、そうかなぁ。僕にとっては普通なんですけど」

「いいの、いいのっ。あなたの彼女さんも頑張ってくれているみたいだしね」

クリスは笑顔を見せて、

「それにしても、武器屋の息子さんがねぇ。あそこは騎士団もお世話になってるから」

「騎士団の方たちがよく来るから、憧れて……」

「ま、私にできることはここまでだから。あとは自分で頑張ってね」

クリスが言うと、団長室の扉の前まで来ていた。

「緊張するね、クライヴ」

フィリスが、どこかからかうように言う。

だが、そうしてもらったほうが今は気が紛れるというものだった。

「ふぅ……じゃあ、入るよ」

クライヴは深呼吸をして、室内に入ることにした。

ガチャリと扉を開けると、そこにいたのは恰幅のいいひとりの男だった。

ヴァーミリオン聖騎士団団長——デュアリス・トリニティ。

大陸でも並ぶ者なしと言われるほどの剣の達人であり、団員からの人望の厚い人物。

顎髭や気難しそうな表情を見ると、クライヴは少し怖気づいてしまった。

「お兄ちゃん！」

「クリスか……。宿舎にまで押しかけるなと言っただろ」

「今日は、私が用事あるわけじゃないの」

「何……？」

クリスがちらりと後ろを向いたので、クライヴは前に出た。

「デュアリス団長！」

「あん？　なんだ、お前」

ギロリと睨みを効かせてくるデュアリス。

（うわぁ……なんて怖いんだ……！）

さすがに団長というだけある。そのオーラに、今にも逃げ出したい気分だ。

（だけど僕だって……！）

クリスがせっかくここまで連れてきてくれたのだ。

こんなところで逃げ出すわけにはいかない。

「クライヴ・アードレイと申します。ヴァーミリオン聖騎士団への入隊を認めていただきたいのです」

デュアリスはやれやれと肩をすくめる。

「なぜだ？　騎士団は甘くないぞ」

「僕は……いえ、私は騎士団に入って人々を守りたいのです！」

「守りたい？」

デュアリスの眉間にシワが寄る。

「お前、武器屋の息子だろ？」

「――っ!?」

「何、驚いているんだ。騎士団はそこでも武器を調達しているんだから、俺がお前を知っていてもおかしくないだろう」

確かにおかしくはないが、まさか自分のことを知っているとは思ってもみなかった。

(団長という地位の人が……)

逆に考えると、そういったところまで見ているからこそ、団長にまで上り詰めることができたのだろう。

(僕もこんな人のところで……！)

クライヴの気持ちがさらに強くなっていった。

「理由は人を守りたいからか？」

「はい……！」

「武器を作ることも人を守ることに繋がるだろう。俺たち騎士団は剣があるから強敵と戦うことができるんだ。武器屋がいないと話にならない」

「直接……直接、戦いたいんです……！」

「死ぬぞ？」

デュアリスは声のトーンを落として、静かにそう言った。

（死……）

クライヴもわかってはいたが、実際のその言葉を口に出されるとドキリとしてしまう。

「死んだら、お前の言う守りたい人にも会うことができなくなってしまう。それでもいいのか？」

「か、構いません……！」

クライヴは咄嗟にそう答えたのだった。

だが、

「甘えるなっ!!」

デュアリスの怒声が響き渡る。

「死んでいいだと？　それはお前の言い分だろうがっ！　残されていった者たちはどうなる!?」

あまりの迫力に、クライヴは何も言うことができなかった。

「そこにいるお嬢ちゃん、それがお前の守りたい人だろ」

デュアリスはフィリスのことを指さした。

「やめておけ。半端な覚悟の奴が騎士団に入ったところで、たくさんの人を悲しませるだけだ」

「……」

そんなことはわかっている。今の自分には何もできないことくらい。

(だけど……!)

クライヴは一歩前に出た。

「僕はデュアリス団長を見て、騎士団に入りたいと思ったんです!」

言葉を続ける。

「二年前の前のことだったと思います。この街に魔物が現れたとき……僕とフィリスは門のところにいました」

「門……? あのときのことか?」

二年前に街に魔物が現れ、入り口となっていた門に魔物が押し寄せてきたのだ。

たまたまフィリスとふたりで遊んでいたところで遭遇してしまい、ふたりは危険な状況にあった。

複数の魔物がふたりに近づき、牙をむき出しにする。

このとき、クライヴは自分が死ぬことを予感した。

恐怖を感じる以上に、何もできない自分に対して腹ただしくなった。

——武器をつくることができても、武器を使えないいんじゃフィリスを守ることができない。

くやしくて涙が出そうになっていたそのとき、ふたりを助けてくれたのはデュアリスだった。

圧倒的な剣技で魔物をなぎ倒していく。

瞬く間に敵を倒すと、さっきまでの恐怖が嘘のように安堵へと変わったのだった。

この気持ちこそがきっと、騎士団のいる意味なんだ。

クライヴはそう感じ、騎士団への入隊を考え始めた。

「……そんなこともあったな」

デュアリスがつぶやくように言った。

見かねたのかクリスが前に出る。

「お兄ちゃん、クライヴの気持ちわかってあげられないの？　それにクライヴは武器屋なんだから、装備の知識も豊富だろうし、騎士団のためにもなるんじゃないかな？」

少し考えるデュアリス。

「お兄ちゃん、もう一度考えて……」

「ダメだ」

デュアリスはクリスのことをさえぎるように言った。

その言葉を聞いて、クライヴも声を張る。

「なぜですか!?」

「入隊試験の締め切りはもう終わっている。それに……」

「それに？」

「お前には覚悟がない」

「覚悟!?　覚悟ならあります！」

「そういうのは覚悟じゃなくて、根拠のない自信っていうんだよ。死にたがりを入隊させることはできないな」

「そ、そんな……」

「こっちは訓練や会議があるんだ。もうどこかへ行け」

そう言われ、三人は部屋から追い出されてしまった。

◆

「どうしよう、フィリス」

デュアリスに門前払いされてしまったクライヴは、ため息をつきながら幼なじみに尋ねた。

フィリスは笑顔を見せて答える。

「まだ諦めちゃダメだよっ。絶対に何か方法があるはずだから」

フィリスの笑顔は、まるで魔法の力でもあるかのように、元気が出るものだった。

もともと簡単には入隊できるとは考えていなかったため、これからも頑張ろうと思う。

「本当にお兄ちゃんってわからず屋なんだからっ！」

クライヴたち以上に怒っているのはクリスのほうだった。

だが、すぐにクライヴたちのほうを向いて頭を下げる。

「ごめんね。私が説得すればいけるかなって思ったんだけど」

「ありがとう、クリス。確かに断られたことはショックだけど、まだできることはあると思うから」

クライヴがそう答えると、

「そうですわ。方法を見つければいいのですわ」

と、どこからか声が聞こえてきた。

(誰だろう……)

辺りを見渡すと誰もいない。クライヴとフィリスがキョロキョロしていると、

「ルピー!」

クリスが叫んだのだった。

そして、クライヴの目の前に、現れる妖精。

手のひらに乗りそうなほど小さく、背中からは羽が生えている。

まるでおとぎ話のような存在だった。

「うわっ。このちっこいのなに?」

とフィリスがツッコミを入れている。

「ちっこいとは、随分と失礼ですわね。って、前もこんなやり取りがありましたわね」

ごほん、と咳払いをしたルピー。

「私の名前はルピー。コスモスさまの使いですわ」

「コスモスの使い?」

クライヴが繰り返すと、クリスが補足を入れる。

「小さいけど、ルピーはセフィロトの中で眠りについていた妖精なの」

「妖精!?」

魔法が存在する世界ではあるが、妖精は稀有なもの。

それが目の前に現れ、驚きを隠すことができない。

「ルピー、急に現れてどうしたの？　あの人についていたんじゃないの？」

「あの人は遠方への赴任のせいで、この辺りにいないのですわ。追いかけようと思ったのですけれど、不思議な力を感じるので調査したいと考えているのですわ」

「不思議な力……？」

クリスが聞き返した。

「ええ……。どうやらそのふたりから感じるのです」

ルピーはクライヴとフィリスのほうを見た。

(何がどうなっているんだ……？)

いきなり妖精が現れ混乱している状態だというのに、まだわからないことが出てくる。

「ルピー、その不思議な力って？」

「わからないから調査したいのですわ、クリス」

「調査って言っても、クライヴたちはまだやることがあるし」

「騎士団への入隊の話ですわね。私も聞いていました」

それなら話が早いと思うが、いったいどこから聞いていたのだろうと思う。

だが、それはツッコんではいけないのだろう。何やら黒い笑みを浮かべているし。

「調査って……。なんか怪しくない？」

「怪しくなんかないですわ！　デュアリスについては、私も少しは知っていますし」

どうやら妖精は、デュアリスのことも知っているらしい。

妹のクリスのことを知っているのだから当然ではあるが、なかなかの情報通である可能性が高い。

「えっと、ルピー……さん？」

「私のことはルピーで構いませんわ。私もあなたたちのことをクライヴ、フィリスと呼ばせていただきますわね」

名前もすっかり、知られていた。

「じゃあ、ルピー……どうすれば僕は騎士団に入隊できると思う？」

「それは……」

ニヤリと笑みを浮かべるルピー。どこかいやらしい感じがするが、クライヴは尋ねてみた。

「それは？」

「ふふふ、秘密ですわ！」

ガクっと転びそうになってしまう。

「なんで教えてくれないんだよ!?」

「知りたいのなら私の調査に協力してほしいですわ」

「……交換条件なんだね」

打算的な妖精に肩を落とす。

「クリス、ルピーのことを信じていいかな？」

「なかなか怪しいところはあるけど、根は悪い子じゃないから」

「引っかかる言い方ですが、クリスの言っていることは間違いじゃないですわ！」

今は、何もいい手がないのだ。ここはルピーの言葉にかけてもいいのかもしれない。

(そうだ、僕には迷っている時間はないのだから)

クライヴはルピーの条件を呑むことにした。

「わかったよ。調査に協力する。だから、どうしたら入隊できるか教えてもらってもいいかな？」

ルピーは大きく頷き、

「彼は厳しい方ですけど、きちんと功績を上げれば認めてもらえますわよ」

「功績……？」

考えるクライヴ。

「どうすればいいんだろう」

「簡単ですわ。街の近くに探索中のダンジョンがありますの。そこを調査すればいいですのよ」

確かに危険ではあるが、そこなら功績を上げることも可能だろう。

クリスも納得しているようだった。

「お兄ちゃんは口で言うよりも、行動する人を好む傾向があるから、いいかもしれないね」

「本当!?　僕、頑張ってみようかなっ」

やる気を出すクライヴを心配するのはフィリスだった。

「クライヴ、本当に大丈夫？　ダンジョンって危険なところだよね？」

「危ないかな？」

「危ないに決まってるでしょ！　もしクライヴに何かあったら嫌だよ！」

フィリスが大きな声を出すが、さっとルピーが割り込んでくる。

「それならフィリスも一緒に行けばいいのでは？」

「わ、私も……？」

「ええ。ダンジョンと言ってもこの近くにあるのは、それほど危ないところじゃないですし、ふたりいればなんとかなるでしょう」

ずいぶん適当な説得のような気もするが、フィリスのほうは妙に納得していた。

「そ、そうかも！　私がいればクライヴの助けになるかもしれないし！」

「ちょっとフィリス！　本当にいいの？」

フィリスの発言にクリスも食いついてくる。

「気になるのなら、クリスは街に残って入隊について考えてあげるのではどうです？」

「……功績を上げるより先に、お兄ちゃんを説得すればいいのか……。よし、頑張ってみようかなっ！」

クリスの申し出にクライヴは喜ぶ。

「ありがとう、クリス。手伝ってくれて」

「ここまで来たからには、しっかり面倒みないといけないと思ってね。それに、クライヴも必死だから私も頑張ろうって思ったんだよ。ダンジョンに出るのは大変かもしれないけど、気をつけてね」

「うん！」

「じゃあ、私……お兄ちゃんを説得できるか考えてみるね」

片手を上げたクリスは、そのまま宿舎から離れていった。

「クリス、いい子だね」

フィリスが笑みを浮かべながら言った。

「さて、邪魔者が消えましたわ」

「ルピー、何か言った？」

クライヴが指摘をすると、ルピーは慌てて首を横に振った。

「い、いえ……何でもありませんわ。それよりも不思議な力についてお話しがあるのです」

「ルピーちゃん、不思議な力って？」

フィリスが尋ねるが、確かに何のことを言っているのかよくわからない。

「私が感じた不思議な力は、昨日の晩のことでした。まずは、あのときと同じ状況を再現していただきますわ」

ルピーは黒みがかった笑みを浮かべていた。

◆

「昨日の晩と同じ状況って……」

ルピーに連れられてきたのは、酒場のベッドだった。

「ル、ルピーちゃん……どうしてここに連れてきたの？」

「もうわかっていますわよね？」

「「……」」

クライヴとフィリスは何も言うことができない。

ルピーが迷わずベッドのところに来たということは、昨日のことがバレてしまっているからだ。

さすがに顔が熱くなってしまう。

「なに恥ずかしがっているんですの！　さっさとヤりなさいっ！」

「むちゃくちゃなこと言わないでよっ」

「クライヴ、そう言いますけど、本当はフィリスを抱きたいのでしょ？」

「う……」

「フィリスだって、クライヴに抱いてほしいと考えているはずですわ」

「その……」

ここまでストレートに表現されてしまうと反応に困ってしまう。

「仕方ありませんわね。特別に私は別のところに待機しておりますわ。離れていても力を感じることはできると思いますし」

「僕たちの側にいるつもりだったの!?」

「しっかりと凝視するつもりでしたわ！」

「なんで偉そうなんだよっ！」

ルピーのとんでも発言に呆れてしまう。

「じゃ、うまいことヤって下さいね」

そう言って、ルピーは部屋からいなくなってしまった。

ふたりきりになるクライヴとフィリス。

(な、なんか気まずいよ……！)

確かに昨日は盛り上がってしまい、エッチをしてしまったが、ふたりともまだ二回目なのだ。

今の雰囲気のまま、すぐにしろと言われても、難しいと思う。

「ルピーちゃん、めちゃくちゃなこと言っていたね」

「そ、そうだね……。今日はやめようか？　なんか調査のためっていう理由も……」

クライヴが言いかけると、

「んっ!?」

フィリスが突然、キスをしてきた。

「やだっ。せっかくふたりきりになれたのに、クライヴとエッチしないで終わるなんて……」

「フィリス……」

そんなことを言われると、クライヴもスイッチが入ってしまう。

「調査とかよくわからないけど、私……クライヴとエッチがしたいの？　ダメ？」

「そんなことないよっ！」

フィリスのような巨乳美人に見つめられて、断れるものなんていない。

現に、クライヴの股間はテントのように大きく膨れ上がっていた。

「ふふ、クライヴのほうは準備万端だね」

「フィリスが魅力的すぎるからだよ」

「ほら、こっちに来て」

ベッドに寝そべったフィリスは、導くように手招きをする。

「今日はクライヴが腰を振ってほしいなっ」

仰向けに寝ている状態でフィリスが笑う。

「フィリスのほうはもう大丈夫？」

「それはクライヴが確かめて」

そう言ってフィリスは、美しい足を広げたのだった。

もともと露出度の高い服を着ているが、こうしてまじまじと股間を見ると興奮してしまう。

ぴっちりと下着が張り付いているため、縦筋が見えているのだ。

よく見ると、黒いシミが出てきているところがある。

「あん……あまり見つめないで」

「ご、ごめん」

「謝らなくていいから。さ、下着を脱がして」

フィリスが脱がしやすいように尻を浮かせてきた。クライヴは下着に手をかけ、そのまま脱がしていく。すると、クロッチのとこにねっとりとした糸が引いた。

「フィリスのアソコ……すごく濡れてる」

「やぁ……クライヴ、そんなこと言わなくていいよぉ」

「でも、すごく可愛いから」

「やんっ。クライヴとキスしただけで濡れちゃったのぉ」

そんなこと言いながらも、フィリスの愛液がどんどん流れ出ている。

膣の部分はぷっくりと膨れ上がり、いつでも挿入できるようになっていた。

「クライヴ、早く入れてよ」

「いいの？」

「んもう、言わせないで！　私、我慢できなくなっちゃうよっ」

発情したフィリスに急かされると、クライヴも我慢できない。

ズボンを降ろし、勃起した肉棒を露出した。

「わぁ……クライヴのおちんちん、もう大きくなってる」

赤黒い充血した肉棒は太い血管を浮かび上がらせながら、ドクドクと脈打っていた。

すでに先端からは我慢汁が出てしまっている。

「クライヴも入れたいんでしょ？」

「う、うん」

「じゃあ、来て」

くぱぁとフィリスが膣を広げてくる。綺麗な桃色をしたアソコを見つめ、亀頭を当てがった。

「ん、んぅ……！　クライヴの大きいものが当たってるぅ」

「フィリス、すごく濡れてるよ」

「やぁん。クライヴのおちんちんを見て、もっと興奮しちゃったのぉ」

「入れるからね」

割れ目を掻き分けるように、ゆっくりと腰を沈めていく。

「あ、んぅ……入ってくるぅ、クライヴの硬いものが……！」

「くっ。やっぱりすごい締め付けだ」

入り口の時点から強く締め付けてくるため、すぐにでも発射しそうになる。

射精を我慢しながら、クライヴはさらに奥へと向かっていった。

「か、硬い……クライヴの硬くて、大きいよぉ……！」

「はぁはぁ、あまり締め付けないで」

「そ、そんなつもりないのにぃ……クライヴのおちんちんを感じたくて勝手に動いちゃうのぉ」

まるで別の生き物のように膣内が蠕動しているのがわかった。

(そんなにきゅうきゅうされたら、僕……！)

まだ奥まで届いていないのに、もう発射しそうである。

だが、クライヴは尿道口をきゅっと締め、必死に耐えた。

「フィリス、腰を振るからね」

奥まで届き、クライヴは抽送を始めた。

カリ首のところでかくように動くと、それだけ愛液が漏れだしてくる。

「あんぅ、クライヴの出っ張っているところ……よくわかるぅ！」

「フィリスが締め付けてくるから」

「そ、そんなつもりないのに……クライヴの精液がほしくて身体が勝手に……」

「僕もこうしていると、フィリスの中に出したくなってくるんだ」

「いいよ、クライヴ。もっと激しく動いて」

リクエストされてしまったら応えないといけない。

クライヴはフィリスのほっそりとした腰を掴んで、そのまま前後に動き始めた。

「当たる……当たってるのぉ！」

「当たってる？」

「クライヴのおちんちんの先が私の子宮に……！　あはぁんっ！」

「ここが気持ちいい？」

一番深いところをコツコツとノックするだけで、フィリスは面白いように反応を示した。

「す、すごい……！　奥が気持ちいいのぉぉぉ！」

「僕も気持ちいいよ」

「嬉しい！　クライヴが感じてくれて」

「フィリス、もっと気持ちよくなってね」

先日はフィリスが頑張って腰を振ってくれたのだ。今日は自分が頑張る番である。

クライヴが腰を振る度に、フィリスの巨乳が前後に揺れた。

かなりのボリュームであるため、少し動いただけでもぷるぷると震えている。

しかも、その中心にある蕾が天を突くように立ち上がっているのだ。

「フィリスの乳首、勃起してるね」

「そんなこと言わないでぇ」

「触らせて」

勃起している乳首を摘むと、クライヴはひねってみた。

「ふぁああっ！」

フィリスが嬌声を上げ、同時に膣が締まってくる。

「う……いきなり締め付けないで。僕、限界なんだから」

「だって、クライヴが私の乳首を触るから」

「フィリスの乳首がエッチなのがいけないんでしょ」

「クライヴを前にしたら勃起しちゃうのっ」

「エッチなんだね」

そう言うと、フィリスは顔を真っ赤にした。

「うう……エッチな女の子は嫌い？」

「大好きだよ」

そして、クライヴはさらにピストンを強くしていった。

まるで腹を貫くように激しく、腰を振っていく。

(くっ……そろそろ……！)

尿道の中を熱いものが込み上げてくるのがわかる。

金玉が釣り上がり、発射態勢を整えているのを感じた。

「んぅぅぅ!?　クライヴのおちんちんが大きく……!?」

「はぁはぁ、限界かもしれない」

「いいよ、出してっ！　私の中に……！」

まるでおねだりでもするかのように甘い声で言ってくる。

(さすがに我慢できない……！)

今さら外に出すことなんてできない。

クライヴのペニスからは精液混じりの我慢汁が大量に溢れていた。

まるで射精しているかのように。

「私も……私も……こんなに激しく突かれてたらイっちゃいそうだよぉ」

「ぼ、僕も……！」

ふたりはお互いに抱き合い、そして腰を振っていった。

パンパンという肉と肉がぶつかりあう音が鳴り響き、愛液が溢れ出してくる。

(揺れるおっぱいもエロいし……！)

谷間を作っている乳がひしゃげながら動いている。

突けば突くほど胸を寄せてくるため、谷間も深くなっていくのだ。

（ああ、もう無理……！）

限界を感じたクライヴは最後にスパートをかける。

入り口から出口にかけて、大きく抽送を繰り返すと我慢できなくなるため、小刻みに子宮口を叩いていくのだ。

だが、それはフィリスにとっては誤算だった。

「やぁ!?　な、なにこれ……どうなっちゃうのぉ！　あんぁうぅ！」

「うう……すごい締め付けだ」

「私……イク……イクのぉ！　すごいのきちゃうううううっ！」

「僕も出すからね、フィリス！」

腰を思いっきり寄せたクライヴは、フィリスの中に射精をした。

ドクドクと大量の精液が彼女の膣内に注ぎ込まれていく。

「イ、イクッッ！　イってるぅぅぅ！」

「ま、まだ出る……っ！」

留まることを知らない精液はまだ射精していた。

「ああっ、はぁあっ！　出てるぅ！　クライヴの精液……！」

「はぁはぁ……気持ちいいっ」

「すごいよ……こんなに気持ちいいなんて……やっぱりエッチって」

ようやく射精が終わり、クライヴはペニスを引き抜いた。

すると、こぽぉとフィリスの膣内から白いものが溢れてくる。

「いっぱい出しっちゃたね、クライヴ」

フィリスが漏れた精液を触りながら笑みを浮かべていた。

「ふふ、やっぱりクライヴとのエッチはいいね。クセになりそうだよ」

「僕もフィリスとだったら何回もできちゃいそう」

「え？」

目を輝かせたフィリスは、

「じゃあ、もう一回しよっ！」

ルピーがどこかで見ている、調査だということをすっかり忘れていたふたりは、お互いに気絶するまでセックスを続けたのだった。

DRAGON PROVIDENCE
ドラゴンプロヴィデンス

第三章
いざダンジョンへ

「で、そのまま眠ってしまったんですわね」

翌朝、目を覚ますとそこには、かんかんに怒っているルピーがいた。

どうやら彼女は、エッチが終わるのを待っていたらしい。

「喘ぎ声がおさまったと思ったら、ふたりは気持ちよさそうに寝ていますし……。さすがに私も、起こすのをためらってしまいましたわ」

「ごめんなさい……」

クライヴは大人しく謝った。

「ところでルピーちゃん、不思議な力の正体はわかったの？」

もともとはルピーの求めで、その調査のためにエッチをしたのだ。

その結果が知りたいと、フィリスは考えていた。

「う〜ん、難しいのですけれど、まだわからないのですわ……」

「わからないの？」

「なんというか、昨日のような反応を感じることができなかったですの」

「そうか」

手がかりがないのでは、どうすることもできない。

クライヴは腕を組んで考えていた。

「けっきょく、ルピーの勘違いっていうことはない？」

「私の勘違いであることも否定できませんけど、コスモス様の力に関することですから、ちゃんと調べないと」

「僕たちが、コスモスの力を持っているとは思えないんだけどなぁ」

「だからこその調査ですの。それに今日はダンジョンへ行くのでしょ？　準備はできていますの？」

「あ、そうだった……！」

クライヴは思い出したように立ち上がり、フィリスたちのほうを見て言った。

「まずは僕の家に行ってみよう。そこなら武器とか、あるだろうし」

こうしてクライヴたちは、武器屋に行くことになった。

◆

「ここがクライヴの家なのですわね」

ルピーが物珍しそうに、辺りを見渡していた。

「うん。店頭に出ている武器を勝手に持っていくと怒られるけど、物置に置いてるものなら大丈夫だから」

「そんなもので、戦えるんですの？」

「古くなったものもあるけど、武器としては十分だと思うよ。たとえば……」

クライヴは近くにあった剣を掴み、引き抜いた。

「おお～！　かっこいいですわね！」

「そうかな？　これならそこそこいい武器だから、実戦で戦うこともできる」

「クライヴの武器は、これで決まりですのね」

「うん」

「ですけど、クライヴは剣を扱うことはできるんですの？」

ルピーがもっともらしいことを聞いてくる。

「クライヴは武器屋の息子ですけど、騎士ではありませんものね」

「そうだね。だけど、最低限には武器を扱えないと、信頼を得て卸すことができないから、一応のことはできるよ。それに、騎士団に入りたいと思ってからは、自分なりの訓練は積んでいるからね」

「クライヴ、毎日のように剣を振ってるもんね」

そうだ。そんなとき、いつもフィリスは隣にいてくれた気がする。

辛いときもあったけれど、フィリスがいてくれたから頑張ることができたのだ。

「まったく、私がいるのに、すぐイチャイチャするのですね」

「あはは。ごめんね、ルピーちゃん」

「まあいいですわ」

ルピーは呆れたようにため息をつくと、妖精らしく、くるりと宙を舞った。

「そういえば、フィリスもダンジョンへ行くのでしたわね」

「うんっ。クライヴだけじゃ心配だから」

「ですけど、フィリスこそ、戦うことができるんです？」

ルピーが質問してきたので、それにはクライヴが答えた。

「フィリスは、僕よりも頼もしいと思うよ」

「どういうことです？」

「彼女の踊りは特別なんだ」

そう言うと、フィリスは自慢気に胸を張った。

「フィリスの踊りは、魔物を混乱させたり、惑わしたりする作用があるんだ。人間みたいに高い理性を持っていたりすると効かないことが多いんだけど、そこら辺にいる魔物になら有効だと思うよ」

「それは、すごいですわね！」

踊りで敵と戦うというのは想像つかないと思うが、フィリスの動きを見ると魔物たちは面白いように操られてしまうのだ。実際に目にしたときには、ずいぶんと驚いたものだった。

もともとは祭などで巫女が舞うような、特別な踊りだったらしい。

「とは言え、その踊りは万能というわけじゃないし、接近されたらかなり危険だからね。そのために僕が戦うんだ」

「最低限、パーティとしての機能はありそうということですわね。それなら安心しましたわ」

「心配してくれてありがとう」

「いえいえ。……道中で死なれると、不思議な力の正体がわからないままですから」

「ルピー、なんか言った？」

「何でもありませんわ！　さ、ダンジョンへ行きましょう！」

クライヴたちは物置から出ようとした。

するると、

「どこに行くんだ？」

現れたのはクライヴの父親だった。

作業着の袖をめくり、太い腕を露出している。髪や髭がボサボサで頓着無く、どう見ても偏屈な職人という風貌をしていた。

「父さん……」

「腰にあるのは……剣か。何するつもりだ？」

「父さんには関係ないだろう」

「ふざけるな。店のものを持ち出して、許されると思っているのか」

「この物置にあるのは、売り物にならない品だろう？　別にいいじゃないか」

「口ばかり達者になりやがって。少しは剣の鍛え方を覚えてみせろってんだ！」

父親と顔を合わせると、いつもこんなふうに口論になってしまうのだ。

父親からすれば大事なひとり息子に店を継がせたいし、クライヴからしたら決められた生き方に疑問を覚えている。

心の奥底では父親のことを尊敬しているというのに、面と向かうとなかなか素直になることができないのだ。

「うるさいな。ほっといてくれよ」

「おい、待て！」

興奮した父親がクライヴへと、殴りかかりそうな勢いになったため、慌ててフィリスが間に入った。

「ちょ、ちょっと待ってよ、おじさん」

「フィリスちゃん……」

「クライヴもさ、いろいろと考えているんだと思うよ」

「こんなバカ息子と一緒にいてくれてありがとうな。だけど、フィリスちゃんも、もっといい男を見つけたほうがいいぞ」

「あ、あはは……！」

反論したいことはたくさんあるが、ここでフィリスまで入ってしまうとさらにこじれてしまう。

彼女はぐっと我慢していた。

「……まあ、いつもよりも質の良い剣を使うみたいだな。ダンジョンでも行くのか？」

父親は、普段よりも仰々しい姿のクライヴを見て尋ねる。

だが、クライヴは無視して、やり過ごすつもりだった。

「ふん、死ぬなら人様に迷惑がかからないように死ねよ」

そう言って、父親はどこかへ消えてしまった。

「ずいぶんと、重苦しい雰囲気でしたわね」

「ごめんね、ルピー。僕と父さんが顔を合わせると、いつもああなんだ」

「私もよくわからないですけど、男同士というのは、そういうものなのかもしれませんわね」

「お父さんもきっと心配してるんだよ」

「ありがとう、フィリス。まだ父さんを説得することは難しいけれど、いつか自信を持って騎士になることを話してみたいと思うんだ」

まだまだ難しいことはわかっているが、ここで立ち止まるわけにはいかない。

クライヴの目的は騎士団に入って、フィリスを守ることなんだから。

「さ、ダンジョンへ行こうか」

「そうですわね」

「うんっ！」

クライヴたちはダンジョンへ向かうことにした。

◆

街から少し離れたところにあるダンジョン。

ギーム平原、ネクタール湿地を越え、アサム山の近くにある。道中にも魔物がいたが、以前よりも少なくなっているため、比較的安全に進むことができた。

「……着いたね、エルハース洞窟」

ここは様々な冒険者や騎士たちが、魔物との戦闘入門として訪れるような場所である。

難易度は比較的低いほうであるが、実戦はほぼ初心者であるクライヴたちには十分に難しいだろう。

本来ならある程度は、正規の訓練を受けた者だけが入る場所なのだから。

フィリスも戦力として一応は計算しているが、実際に剣を使えるのはクライヴのみ。

それでも騎士団長デュアリスに認めてもらうため、ダンジョンを進んでいかないといけない。

怖いことはたくさんあるが、今はとにかく前に進むことだけを考えておきたかった。

「とうとう来ちゃったね、クライヴ」

「うん。もし怖いなら帰ってもいいからね」

「何言ってるのよ。クライヴは私がいないとダメなんだから」

「ありがとう。頼もしいよ」

フィリスもいてくれるし、不安ではあるが、ダンジョンの奥へ進みたいと思う。

多少の壁は作られているが、このダンジョンは元々が自然の洞窟で、道が迷路のようになっているはずだった。

最深部には強力な魔物がいて、そいつを倒し、牙を手に入れることでやっと功績が認められるのだ。

「さあ、奥へ進もうか」

クライヴたちが歩き始めると、

「あ！」

目の前にはやくも、魔物が現れた。

「オークだね、あれは！」

人間の姿に似た怪物。見た目は赤髪の美少女にも見えるが、けっこうな武器を持っていて危険な存在だ。

　ただ心すれば、決して危ない魔物ではない。

「クライヴ、戦いましょう！」

「う、うん……！」

　初の実戦だった。

　待ち焦がれたとはいえ、緊張しないわけがない。

「さあ、来い！」

　と、クライヴが剣を構えるのだが、

「きゃあああっ！　なんでこっちに来るのよぉぉぉ！」

　オークはフィリスにめがけて、走っていった。

「ちょ、ちょっと、なんで僕のところに来ないんだっ！」

　クライヴが疑問に思っていると、

「オークは美少女が好きなのですわ！」

　ルピーが説明してくれた。

「美少女が好き!?　そんな魔物がいるの!?」

「現にフィリスのみを襲っているのですから、それが証拠でしょ。さ、早く助けたほうがいいですわ！　あなたよりもオークに犯されることが、好きになってしまうかもしれませんから」

「……」

ルピーの意味不明な注意はさておき、フィリスを助けないといけない。

クライヴは慌ててオークのところに駆けて行った。

「てい！」

剣を振り抜くと、すかさずオークがそれを受け止める。

激しい金属音で、耳がツンとなる。鍛冶で鉄を打つこととも違う、剣戟の音だった。

「こいつ……意外と強い……！」

「腕力はある魔物ですから、気をつけたほうがいいですわ！」

「って言われても……！」

力いっぱい打ち込んでいるのに、びくともしない。

「可愛い……女の子……可愛い……女の子……」

しかも、うわ言のようになにか呟いている。

（恐ろしいけれど、戦うしかないんだ……！）

こんなところで負けるわけにはいかないクライヴは、めいいっぱいの力で剣を振り抜いた。

「ぎゃああ！」

悲鳴を上げながら、オークはその場でうずくまる。

（やったか……でも、そこまでの深手ではないような……）

そう思った矢先、オークが突然クライヴから飛び退くと、一目散に逃げ出していった。

（あ……ま、まあ、いいか。結果的には殺さなくてすんだみたいだし……）

「よかったですわ。どうやらオークを、退けるができたみたいですわね」

「ふぅ。それにしても、魔族は見た目が女の子であることが多いから、斬りつけるのもためらうな」

「何を言っているのです？　相手はカオスのクソ野郎の邪気を受けた存在なのですから、倒してしまって構わないのですわ！」

「……ルピーって、小さくて可憐なわりに、口が悪いよね」

「何か言いまして？　私ほど心が清らかな存在はいませんわ」

もし本気で言っているのだとすれば、医者に見せたほうがいいかもしれないなと思う。

もちろん、そんなことを言うわけにはいかないが。

「ありがとう、クライヴ。助かった……」

「フィリス、怪我はない？」

「うん、大丈夫だよ。それより、もっと先に進もう！」

「そうだね」

まだまだ、これからなのだから。

一息つく間もなく、ふたりは奥へと進んでいく。

すると、二つに道が別れている場所へとたどり着いた。

「……どうしよう」

右に行くべきか左に行くべきか。

迷うところではあるが、立ち往生していると、それこそ魔族の標的となってしまう可能性がある。

「フィリス、どっちがいいかな？」

「うーん、そうだね」

正直なところ暗くて、奥に何があるか見えないのだ。

「ルピー、ちょっと様子を見てきてもらうことって、できる？」

「……どうして私が？」

「ルピーは小さくて空も飛んでるから、素早く確認できるかなと思ってね」

「嫌ですわ！」

「なんで？」

「……私、人が危険な目に遭っているのは大好きなのですが、自分が危険なのは嫌いですから」

「……なんて自分勝手なんだ」

とはいえ、ルピーのぶっ飛んだ発言というのは、今に始まったことではない。

ダメ元でお願いしていたから、クライヴのほうもそれほどダメージはなかった。

「じゃあ、僕が先を見てくるよ。ふたりはここまで待ってて」

「ひとりじゃ危ないよ、クライヴ！」

「でも……」

「ここにいたって安全だという保証があるわけじゃないし、ふたりで行ったほうがよくない？」

「フィリス……」

彼女の言うことも一理ある。

「私も、ふたりで進んだほうがいいと思いますわ」

「ルピーちゃん？」

「剣を扱えるのはクライヴだけですし、女の子だけを置いていくのは……」

「ルピー、フィリスのことを心配してくれて……」

「私が危険ですわ！」

「……」

今度こそ肩を落とし、クライヴは目元に手を当てた。

(ダメだ……妖精の姿をした悪魔なんだ……きっと)

ルピーにツッコミを入れているとキリがないので、クライヴたちはどちらに進むか、考えることにした。

「フィリス、右はどうかな？」

「どうして？」

「理由はないよ」

「勘ってことか……いいよ！　私も、自分の勘に頼るのって好きだから！」

踊りは音に合わせて舞うもの。そのときそのときの、リズムに合わせるのは理性ではなく本能なんだということを、フィリスは知っているのだ。

「じゃあ、右のほうに行こうか」

ふたりは右の道へと進むことにした。

すると、

「……魔族だね」

目の前にまた、敵が現れた。

「僕ってすごく運が悪いのかな？」

「んもう、気にしたってしょうがないでしょ！　クライヴが戦わないなら私が……！」

前に出たフィリスは、軽やかにステップを踏んでいく。

「あ、あれは……！」

フィリスが踊っているのは、相手を惑わすダンス。

酒場で人々を魅せるのとは違った、幻惑のリズムだった。

目の前にいる魔族は、そんなフィリスの動きに釣られるようにクネクネと踊り始めた。

「すごいですわ……！」

「フィリスの踊りは、ああいう効果もあるんだ。理性のない魔族相手だから効くんだろうけど」

クライヴたちが話している間にも、魔族はどこかへ去って行ってしまった。

「ふぅ……これで大丈夫だね」

「お疲れ様、フィリス」

「ううん。踊りたい気分だったし、いい運動になったと思うよ」

「さあ、先に進むのですわ！」

ルピーに催促され、ふたりはまた歩き出した。

ダンジョンに入ってから、一刻くらいが経過しただろうか。

だいぶ奥深くに来ていると思うが、一向に最深部へとたどり着くことができない。

「フィリス、少し休憩しよう」

「私はまだ大丈夫だよ？」

「無意識にでも、疲れていると危ないから。それに、休憩にちょうどいい感じの場所もあるし」

それなりに休むことができそうな場所に、いつの間にか着いていた。

比較的、見通しも悪くない。ここなら多少、安全に過ごすことができるだろう。

クライヴは持っていたカバンの中から、干し肉とパンを取り出した。

「あまり、おいしいようなものはないけど」

それでもフィリスに渡すと、彼女は美味しそうに頬張った。

「うんっ。こういうのも、いいね！」

「よかった」

クライヴは近くにあった枝を集め、そこで火を起こした。

風通しもいい場所なので、ダンジョン内とはいえ、危なくはないだろう。

「チーズも持ってきてるからね」

燃え始めた火にチーズを掲げ、絶妙なところで溶かしていく。

とろりと溶けたチーズと香ばしい香りが、新米冒険者の食欲をそそった。

ふたりはパンの上にそれを乗せ、少し浮かれた気分で食べたのだった。

「おいしい！　さすがクライヴだね！」

「そうかな」

「さすがだよ。でも……こうしてると、小さい頃のことを思い出すね」

「小さい頃？　何の話ですの？」

ふとした呟きだったが、めざとくルピーが尋ねてきたので、フィリスが答えた。

「さすがにダンジョンになんて遊びに来ることはなかったけど、ふたりでよく街の外に出かけてたんだよね」

「ああ、そんなこともあったね」

「確か、あのとき……」

まだ小さかったふたりは遊び感覚で街の外へ出て、森の中へと入って行った。

たとえ周辺でも、森が危険な場所であることにはかわりない。大人たちからはダメだと教えられていたのだが、興味本位で行ってしまったのだ。

そして道に迷ってしまい、どうすることもできなくなってしまった。

「あのときも、クライヴが火を起こしてくれたよね」

「鍛冶をするのに火はよく使うからね。火の扱いは、父さんに最初に教えてもらったことなんだよ」

幼心に、いやいやながら教わったような気もするが、役立てることができてよかったとは思う。

だが、

「助けが来るの待っていたら、雨が振ってきちゃったよね……」

「うん、大変だったね」

どしゃぶりの雨であったため視界は悪くなるし、火は消えてしまうし、辛かったことだけは覚えている。

身体も冷えてしまって、そのままふたりは意識が朦朧としてきて……。

「もうダメかと思ったけど、父さんが助けに来てくれたんだ」

「本当に危なかったよね」

「うん」

「あの後、私たちは揃って風邪を引いて……」

「同じ医者のところに行って、注射をしたっけ」

「すぐに良くなったから、まったく心配されなかったけどね」

あのときは、まだ父さんとはケンカもなかった。

もちろん、勝手に遊びに行ってしまったことはこっぴどく怒られたが、それも素直に聞くことができたのだ。

(あのころとは、変わっちゃったな……)

成長したのだから当然ではあるが、どこか寂しいような感じもする。

だけど、今はやりたいことがあるのだ。

それを実現させるために頑張るしかない。

「さ、フィリス。そろそろ行こう。あまり長居していてもよくないし」

「うん」

身支度をして、ふたりは再び歩き始めた。

何度か危ない橋を渡りつつも、無事に階層を下りていく。

正直、途中で撤退もあるかなとは思っていたので、クライヴには怖いぐらいの順調さだった。

しかし……。

「クライヴ、あそこにまた何かいるよ！」

暗くてよく見えないが、何やら激しい動きをする物体がいる。

動きから鑑みるに、どうやらかなり暴れているらしい。

「あれは……なんだ⁉」

クライヴが疑問を口にすると同時に、

「あれは暴走した神ですわ……！」

ルピーが物騒な説明をした。

「暴走って⁉」

「簡単に説明しますと、カオスの邪気により理性を失った神のことですわ！　あーもう、カオスのクソ野郎は、本当に面倒なことばかりするんですから！」

「ルピーちゃん、どうすればいいの⁉」

「簡単ですわ。けちょんけちょんにやっつければいいのです！　ボッコボコにしなさいですわ！」

空中で、エアーパンチを繰り返すルピー。

暴れ具合を見ると、確かに危険な状態である。最悪、ダンジョンの通路が壊れてしまう可能性もあるようだ。

「フィリス、あれがこのダンジョンのボス……でいいのかな？」

「たぶんそうじゃないかな。見ると、ここがいちばん奥のほうみたいだし、エリアボスだと思うよ」

「よし、それなら……！」

こいつを倒すことさえできれば、デュアリスにも功績として認めてもらえるかもしれない。

クライヴは意気込んで、剣を構えた。

「グルルルル……！」

荒ぶる神が遅いかかってくる。

複数の腕を持つ化け物の姿であり、何も考えることなく、闇雲に周囲を殴りつけているようだった。

ここまでに現れたオークのような相手とは、一線を画する体躯と凶暴さだ。

ルピーが特別に神と呼ぶのも、分かる気がした。

「クライヴ、私が踊るからその隙に……！」

「大丈夫？」

「たぶんね。ああいう理性のかけらもないタイプには、よく効くと思うの」

フィリスは言いながらも、リズムよくステップを踏んでいく。

先ほど魔族に使ったものとは違い、なぜかスローテンポで、心安らぐような雰囲気の踊りだ。

（そうか……まずは相手を落ち着かせるために）

体格的にもクライヴの二倍近くはあるため、まともにやりやっては勝つことができないだろう。

だが、フィリスの踊りにつられてきているのか、暴走した神の動きが緩慢になってきている。

（今なら……！）

クライヴは駆け出し、脇から剣を凪ぐ。

——ガキン！

しかし肌がかなり硬いため、簡単に刃を通すことができない。

（くっ……！）

攻撃の痛みで幻惑から覚醒したのか、神がクライヴを、その理性の無い瞳で睨みつける。

「グルルル……！」

「まずいっ」

すかさず四本の腕を駆使して、広範囲に殴りかかってきた。

「クライヴ!?」

フィリスの叫び声がこだまする。

「……大丈夫だよ、フィリス」

なんとか剣で拳をしのぎ、奮戦するクライヴ。

だが、さすがは神だ。その膂力はあくまで強く、想像をやすやすと越えてくる。どこまで耐えられるかわからない。

「僕のことはいいから、もう一度、動きを止めてくれ……！」

「わかった……！」

クライヴの声に応え、フィリスが再び踊り始める。

（なんという集中力だろう……！）

目の前で戦っている最中においても、フィリスはたちまち、元のステップを取り戻し、正確に繰り返していく。

先ほどまで慌て、クライヴのことを心配していたと思えないほど、狂いのない踊りだった。

（これなら……！）

フィリスのおかげか、相手の動きが再び鈍くなっていた。

（うまいこと急所さえ突ければ……）

クライヴは剣を、力の限り突き刺した。

売りに出さず倉庫にしまっておいたのは、機会を見て研ぎ澄ますためでもあった。父がなんと言おうと、自分なりには自信作なのだ。

「グオオオオッ!?」

決して深くは刺さらなかったが、胸部に攻撃が命中する。

暴走し続ける神は苦しそうにもがきながら、そのまま倒れ込んでしまった。

「グ……オオ……！」

そして、動かなくなる。どうやら、当たり所が良かったようだ。

「ふぅ……」

クライヴは剣を抜いて、汗を拭った。

「どうやら、なんとか倒せたみたいだね」

「よかった、クライヴ」

「フィリスの、協力のおかげだよ」

クライヴとフィリスが安堵していると、

「もう！　まだ終わっていませんわ！」

ルピーが叫び声を出した。

振り向くと、再び敵が立ち上がっている。

「グオオオオオオオオオォォ！」

「ま、まだ動けるのか……！」

「クライヴ、もう一度踊るから！」

フィリスのステップにより、動きの弱る神へと、繰り返し攻撃する。

「これで……！」

だが、暴走した神もまた、何度となく立ち上がるのだった。

「くそ……どうしてだ!?」

クライヴが言うと、

「このままでは埒があきませんわ！」

見かねたルピーが声を上げた。

「ルピー！　どうすればいい!?」

「わかりませんわ……」

「なっ!?」

魔族やカオスのことについて詳しいルピーでも、方法はないのだろうか。

（くっ……さすがに、これ以上は……！）

体力的にも、互角に戦い続けるのは厳しいと思う。

強い精神力を持つフィリスも集中が切れかかっているし、このままだと全滅してしまう可能性がある。

「ルピー、何か方法はないの!?」

クライヴは焦りながら聞いた。

「方法……ないわけではありませんわ」

「本当!?」

「ですけど、それは大きな賭けになってしまいますわ」

「それでもいい！　この場を乗りきれる方法があるならば……！」

「わかりましたわ。それならば、賭けてみましょう！　ふたりともこちらに！」

ルピーはクライヴとフィリスを呼びつけた。

「ルピー、これから何をするの!?」

「それは……」

ルピーは言った。

「浄化ですわ」

「浄化って？」

「カオスの邪気を消してしまうことですわ。それをすれば、理性を取り戻すことができますの」

しかしルピーは首を横に振って、こうも言う。

「浄化できるのはコスモス様の力を持つ者のみ。それは、この世界にひとりしかいませんの」

「そ、そうなの!?」

「ですけれど……」

ルピーは説明を続ける。

「私があなたたちふたりから感じ力……それがコスモス様のものだとすれば、浄化することができるかもしれませんの」

「コスモスの力……」

クライヴはつぶやいた。

まさか自分が、そんな特別な力を持っているとは思えない。

しかも、ルピーの言葉が本当なら、力を持っているのは特別な人間のみなのだ。

自分がそんなふうに特別だなんて、とても思えなかった。

（だけど……）

このままだと、みんな死んでしまうかもしれない。

今、たったひとつでもミスをすれば、きっと全滅してしまうのだ。

そう考えると手が震えてしまう。

「クライヴ」

すっとフィリスが手を添えてくれた。

「大丈夫だよ、クライヴ。きっとなんとかなるから」

彼女の笑顔を見ていると安心するのはなぜだろうか。

本当にフィリスが側にいてよかったと思う。

「ありがとう、フィリス。できるかどうかわからないけど、やってみよう」

「うんっ！」

「さあ、覚悟が決まりましたわね！」

クライヴは前に出て、力を使おうとする。

（僕にコスモスの力があるかどうか、わからないけど……）

手を前に掲げ、集中する。

だが、

「やっぱり、できないよ」

何も起こらないのだ。どうすればよいのかも、まったく分からない。

そんなことをしているうちにも、荒ぶる神がどんどん近づいてくる。

「コスモス様の力をひとりで使おうとしてはダメですわ！　ふたりで協力して！」

「え？」

「あなたたちふたりから力を感じるのですわ。どちらでもなく——ふたり！」

「そうか……」

クライヴは慌てて、フィリスと手を繋いだ。

「フィリス、いいね？」

「うんっ！　クライヴと一緒だったら、何でもできるような気がする」

しっかりと手を繋いだふたりは、力を込めていく。

すると、クライヴとフィリスを中心に光が生まれ、そして広がっていった。

「この光は……本当にコスモス様の!?」

光が広がり、やがて暴走し続けた神を包み込んでいく。

「こんなことが……不思議ですわ……！　確かにコスモス様の力……！」

明滅が繰り返されたかと思うと、無事に成功したのか、あれほど山のようにも思えた巨躯はどこにも存在しなくなっていた。

そして、そこに残ったのは、

「くぅ……あんたたち、よくもやってくれたわね……！」

ひとりの女の子だった。

「ええっ⁉　ルピー、どういうこと⁉」

「さっきの化け物が女の子に⁉」

無様に寝ていた女の子であるが、すかさず立ち上がり、

「あ、あんたがあたしをいじめたのねっ！」

と、クライヴに言いがかりをつけてきた。

「ちょ、ちょっと待ってよ！　僕はそんなんじゃ……！」

困っているとルピーが、

「いじめたのではないですわ！　クライヴはあなたを助けたんですの！」

「助け……た……？」

女の子がきょとんと小首をかしげる。

「あなたはカオスの邪気により理性を失い、暴走していたの。それをコスモス様の力で助けたのが、このクライヴとフィリスなのですわ。さあ、あなたの名前を教えるのですわ」

ルピーの勢いに押されるように、女の子は答える。

「あたしの名前は……エリス。よ、よろしくねっ！」

「エリスっていうのですわね！　さ、クライヴ……この子をどうします？」

「ど、どうするって？」

まさかこんな唐突に女の子が現れるとは思ってもみなかったから、対応に困ってしまう。

「クライヴ、この子をよく見てほしいですわ。なかなかいい身体をしているとは思いません？」

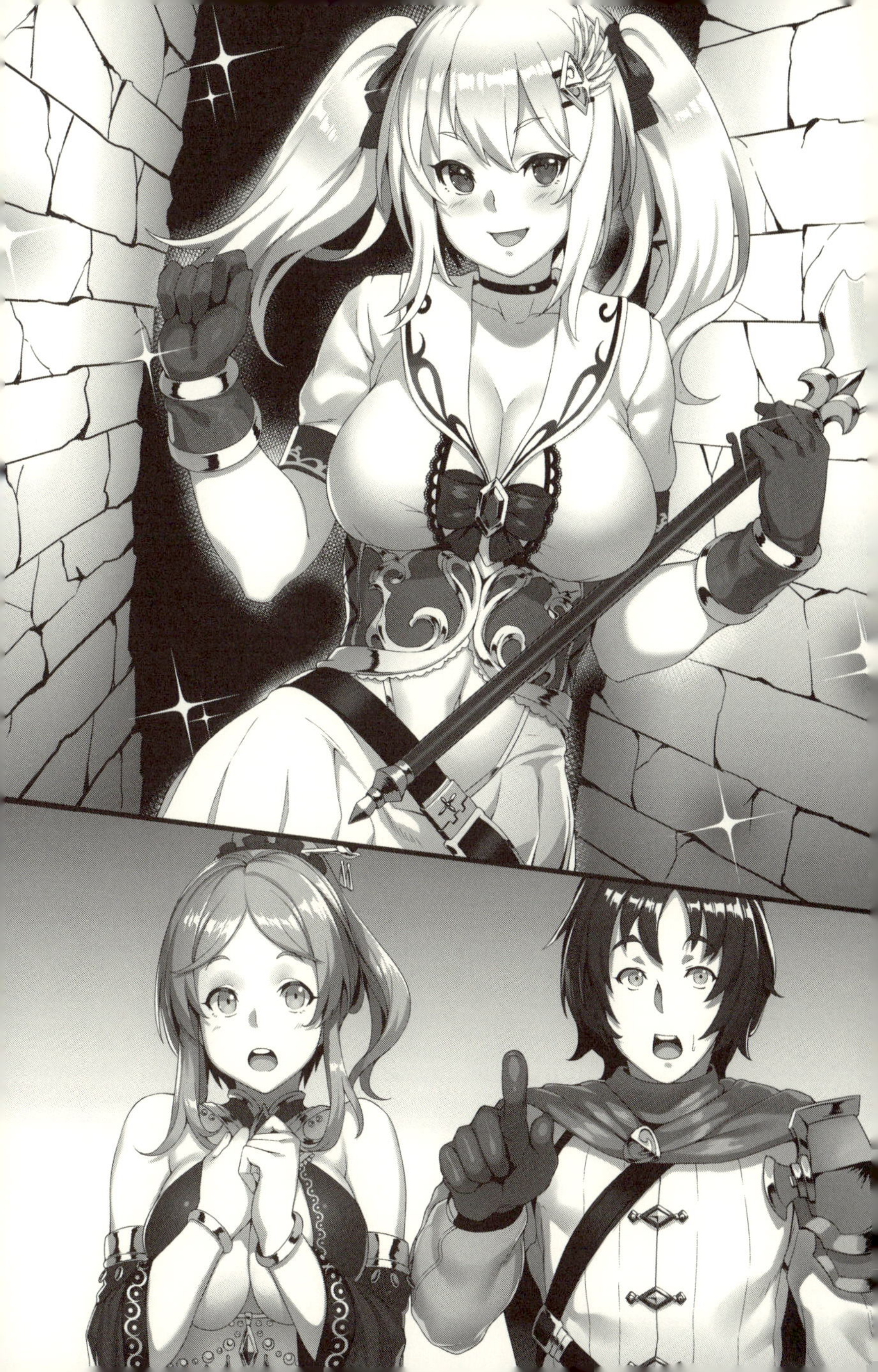

「……」

言われてみると、フィリスと同じように巨乳でくびれもほっそりとしている。

ミニスカートから覗かせる艶めかしい太股も、かなりいやらしいし、人間の女の子として見てもレベルが高い。

顔立ちは美しく、どこか人間離れした表情だった。

「せっかくいい女が目の前に現れたんですの。好きにすればいいじゃないですか。ほほほほほほほほほほほ」

「ルピー、本当に黒いところがあるよね」

さすがにフィリスの前で、そんなことできるわけがない。

「ちょっと待ちなさいよっ！　あたしを置いて話を進めるなーっ」

エリスと名乗った少女が、むっとした表情を見せる。

「まったく、あたしだって……って、よく見るとなかなかいい男じゃない」

エリスはまじまじとクライヴのことを見ながら、意外にもそう言ったのだった。

「ふーん、あんたがあたしを元に戻したのね。面白いじゃない」

「いや、僕だけじゃないんだけど」

そう言っても、エリスは聞いていないようだった。

「決めた！　このエリス様があんたの側にいてあげるわ！」

「ええっ！」

急な展開でクライヴは動揺する。しかし動揺どころではなく、確実に怒っているのがフィリスだ。

「ま、待ってよ！　どうして、クライヴの側に……なんてことに!?」

「あんた、誰？」

「私はフィリス。クライヴの幼なじみだよ」

「幼なじみ？　ふん、つまり……クライヴの女ってことね」

「そうよ！」

売り言葉に買い言葉。フィリスは思わずそう答えてしまった。

「可愛い顔をしているけど、あたしだって負けないわ！　もう、クライヴはあたしのものなんだから！」

「だーかーら、なんでそうなるのよっ！」

「クライヴが私を助けてくれたから。せっかくだし、お礼してあげようかなって」

「……僕、そんなことお願いしてないんだけど」

「うるさーいっ。あたしが言うんだから絶対なのっ！」

「うう……なんか無理やりだ」

押しの強い子であるらしいことはわかるが、戦闘のあとなのだ。こんな展開には、さすがに困惑してしまう。

「クライヴ！　この子を連れていくの!?」

「連れていくよね、ご主人様」

「「ご主人様!?」」

クライヴとフィリスが同時に驚いた。

「だって、あたしは負けたんだから下僕みたいなものでしょ。あたしが下僕なら、クライヴはご主人様じゃない」

「どんな理屈だよ!?」

すっかりエリスのペースで話が進んでしまう。

「下僕とかご主人様はさておき、エリスは神……つまりアルカナのひとりですから、一緒に連れていったほうがいいと思いますわ」

「ルピー、アルカナって？」

「簡潔に言うならば、使役できる幻獣や神、ときには悪魔のこともありますわ。だあらアルカナは、パーティーに仲間として加えることもできるのですわ」

「そ、そうなんだ」

「ほら、妖精ちゃんも言ってるんだから！　あたしがご主人様についていくのは決定事項だねっ！」

「でも……」

「クライヴ、アルカナはちゃんと面倒をみないと人間に迷惑をかけることもあるのですわ。あなたをご主人様と思っているのだから、面倒を見るのも責任というものです」

「う、うう……やっぱりそうなってしまうのか」

それ自体はべつに大きな問題ではないのだが、後ろで怒りのオーラを飛ばしているフィリスが、どうにも気になって仕方ないのだ。

「フィリス……」

「ま、事情があるんだし、別にいいけどねっ」

「そんなに怒らないでよ」

「ご主人様、そんなにプンスカしている女よりも、あたしのほうが絶対にいいって」

「はぁ!? なんてことを言うの！」

「ふふ、ご主人様を奪っちゃうんだから！」

「そ、そんなことさせない！ クライヴ、帰ろ！」

「ご主人様、私もついていくからね」

「ちょ、ちょっと待って……ふたりで引っ張らないでよぉぉぉ！」

こんなことで功績になるんだろうか？ そもそも、騎士団でエリスを見せれば……なんて大丈夫なのか、どうなのか。

何やら大変なことが起こりそうということで、クライヴはどっと疲れが出てきていた。

（帰ったら……すぐに寝てしまおう）

◆

美少女ふたりに連れられているクライヴを、じっと後ろからルピーは見つめていた。

(あの人と同じような力……。だけど、コスモス様の力は唯一無二のものですし……)

でも、実際にアルカナを、カオスの邪気から救って見せたのだ。

まさか、ほんとうに出来てしまうなんて……。

怪しいと思っていたのだが、これは何かありそうだ。

(このまま調査を続けたほうが、よさそうですわね)

クライヴのコスモスの力についても、もちろん気になる。

だがそれ以上に、

(あの三角関係は面白くなりそうですわ……!)

クライヴとフィリスという絶対的な関係を持つふたりの間に、パワーバランスを揺るがす少女が現れたのだ。この修羅場を、楽しまないわけにはいかないだろう。

「ふふ、どうなるのかしら。ほほほほほほほほほほほ!」

荒ぶる主を失って静けさを取り戻したダンジョンに、ルピーの黒い笑い声がこだましながら、三人を追いかけていった。

DRAGON PROVIDENCE
ドラゴンプロヴィデンス

第四章
美少女ふたりに囲まれて

無事にダンジョンでの試練を果たしたクライヴたち。

その証として、暴走したエリスに付いていた牙を入手することができた。

意外だったが、ちゃんとそれを持っていたのだ。これも、誰かの意図なのだろうか。

もしそうならなおのとこ、確実に力量を示した証拠にもなるのだろうけど。

偶然なのかもとも、思う。

（でも、さすがに疲れたなぁ……緊張感が想像以上だった）

フィリスが一緒にいたとはいえ、歩いて、戦って……とかなりハードだったことを思い出す。

彼女は踊り子らしく体力もあり、むしろ頼もしかった気がする。

自分も鍛冶仕事や自主訓練で鍛えてはいるが、やはり実戦となると勝手が違うことを実感していた。

（きっと騎士団に入ったら、毎日がこれ以上に辛いんだろうな）

苦しい訓練や、責任ある任務。どれもが人々の、守るべき人たちのために必要なことなのだ。

その重さが待っていることは、容易に想像することができる。

（でも、僕は……）

騎士団に入ると決めたからには、これくらいのことで音を上げてはいけないんだ。

クライヴは、勝利で浮かれていた心をなんとか引き締めた。

（それにしても……）

気になることと言えば、自分の力のこと。

ルピーが言っていたが、コスモスの力を持つものはひとりしかいないらしい。

（だったら、どうして……）

ルピーはコスモスの使いなのだという。

だとすれば、普段の言動には問題あっても、ことコスモスに関しては嘘をついているとは思えない。

（あのルピーが、コスモスのことはだけはかなり信頼しているみたいだし）

常にカオスのことはひどい言い様だが、コスモスについては一切の不平も、悪口も言っていない。

（あとは……僕だけだとけっきょくは使えなかったこと、かな）

エリスを浄化するときだって、フィリスと力を合わせたからこそできたのだろう。

ルピーもそのことに言及していたし、わからないことだらけであるが、僕たちふたりに何かがあるのだろう。

ルピーが知っているというコスモスの力を持つ者も、そうなんだろうか？

（情報がないから、難しいなぁ……）

確かに気にはなるが、今は考えていても仕方がない。だからこそ、ルピーが調べてくれているのだ。

クライヴは気持ちを切り替えることにした。

（それにエリスのことも……）

彼女の勢いに押されてしまい、一緒に来てしまった。

ルピーも言っていたが、アルカナが悪さしないかどうかも見ておかないといけないから、また大変である。

（どうしてこうなっちゃんだろう……）

カオスから解放できたのは、よかったと思うけれど。

あまりにもエリスがベタベタしてくるからフィリスも怒ってしまったし、クライヴとしてはむしろ、悩みの種が一つ増えたという感じである。

(僕、どうなっちゃうんだろう……)

そんなことを考えながら、クライヴは深い眠りについていった。

そして、数時間……。

夢うつつにも、何やら下半身のところがムズムズしているのがわかる。

(え、何これ……)

まだ夢なんだろうか？　淡い刺激に、眠っていた意識がどんどん覚醒していき、

「ん……。なんだ、なんかモゾモゾするような……って、エリス!?」

「ふん。来てあげたわよ」

目の前にはエリス。

くりくりとした目をしていて、見つめられるだけで頬が熱くなってくるような気分だった。

神とはいうけれど、ツインテールの髪型も可愛いし、見た目は完璧に美少女だった。

そんな少女と急接近しているのだ。ドキドキしないわけがない。

「な、なんで？」

「あたし、知ってるんだから。下僕になったものは、主のために奉仕するって」

「奉仕!?」

エリスの考えは、鍛治師のクライヴにはよくわからない。

よくわからないが、下半身のところを優しく撫でられているらしい。ということは……。

「ふふ、ご主人様……ちょっと大きくなってるわよ？」

「いったい、何のことでしょう……？」

「あーもう！　そうやって嘘をつくのねっ！」

「ちょっと待ってよ。奉仕って何!?」

「まどろっこしいわねっ、奉仕って言ったらエッチなことでしょ！　さっさと一緒に気持ちよくなりなさいっ！」

「はぁ!?」

あまりの展開に、クライヴはついていくことができない。

頭ではわからないことだらけなのだが、身体は素直に反応してしまっている。

顔立ちこそやや幼く見えるエリスも、胸は相当に大きく、それをクライヴの股間にぽよんと乗せてしまっている。

少し体重をかけるだけでいやらしくひしゃげ、胸元からは艶めかしい谷間を覗かせているのだ。

夜であるため暗いとはいえ、今ははっきりと白い肌を見ることができる。

（ああ……静まれ僕の身体……！）

自分にはフィリスがいるんだから。そう思って理性を保とうとするほどに、かえって股間は膨れ上がっていく。

今ではすっかり、テントのようになってしまっている。

「ご主人様、けっこう大きくなってきたわね。ムラムラしてるんじゃない？」

「そ、そんなわけないよぉ」

「じゃあ、なんで勃起してるのよ!?」

「う……」

うまい言い訳を考えようと思ったが、できなかった。

むしろ、股間が膨れすぎて痛い感じがするのだ。

「こんな苦しそうに……あたしが出してあげるね」

「ちょ、ちょっと……！」

「え？　ダメなの？」

「その、僕には……」

「フィリスがいるから？」

エリスが真剣な顔で尋ねてきた。

「う、うん……」

その圧力に押されながら、クライヴは小さく頷いた。

「ご主人様とフィリスはどういう関係なの？」

「どういうって……」

「ちゃんと答えて！」

「……はい」

めちゃくちゃ怖いため、クライヴは素直に説明をした。

「僕とフィリスは幼なじみで、ずっと一緒にいたんだよ。それで、この前やっと……恋人になった」

「ちゃんと恋人なの!?」

「そうだよ」

「じゃあ、あたしは!?」

とエリスが尋ねてきたから、クライヴは困ってしまった。

(あたしはって……うう……どうすればいいんだろう)

勃起している状態では、何を言っても説得力がないだろう、とも思う。

「決めたわ!」

とエリスが大声を出した。

「ご主人様を、あたしのものにする!」

「主従関係が逆転してるよね!?」

「気にしない気にしない。あたしはご主人様のもので、ご主人様はあたしのもの。オッケー?」

「……」

なんというトンデモ理論。

「エリス、気持ちは嬉しいけれど……どうして僕なの?」

「だって、ご主人様があたしを助けてくれたんじゃない」

「いや、助けたけどさ」

そこにはフィリスもいたはずだ。むしろ、いっしょにコスモスの力を使ったのだ。

「実はね、暴走しているときでも少しだけ意識があるの」

「意識が？」

「こんなことしたくない、どうなっちゃうの……って」

「そ、そうなんだ」

「だけど、誰もあたしの声を聞いてくれないし、誰の声も聞こえない。すごく寂しい……悲しい状態なんだよ」

「……」

当たり前だが、クライヴはカオスの邪気を受けたことはない。

だが、そんなふうに語るエリスの表情を見るに、きっとすごく苦しい時間なのだろうと思った。

「暗くて、心が冷たいときに……すっごく、温かさを感じたの。光があたしを包み込んで……」

「うん……」

「そして、ご主人様の声が聞こえたんだ」

「僕の？」

「そう。ご主人様の声で、もう大丈夫だよって」

「あ……」

確かに、そんなことを言ったことを覚えている。

はっきりと語りかけたというよりも、暴走が止まるとわかったから、無意識のうちにやってしまったようなものだが。

「あたし、嬉しかったの。あんな寂しいところで、ご主人様の優しい声が聞こえて」

「そうか……」

エリスの話を聞く限り、暴走中はかなり孤独な時間なのだろう。そんなところで、やっと人の声が聞こえたのなら、安堵するのも頷ける。

「だから、あたしはご主人様が大好きで……気持ちよくしたいのっ」

「で、でも……！」

「ご主人様は何もしなくていいから」

するといきなり、エリスはクライヴのスボンを脱がしてきた。

──ブルン!!

前後に揺れながら、勃起した肉棒が露出する。

恥ずかしいことにビンビンにそそり立っていて、どくどくと脈打っていた。

「うわぁ、すご……」

自分でやっておきながら、クライヴの肉棒を見たエリスが目を丸くする。

「あ、あたし……初めて男の人のおちんちんを見た……」

「そ、そうなの？」

「何よ、経験あると思ったの!?」

「経験ない女の子が、夜這いなんてするわけないだろっ！」

どこで知った知識なのかわからないが、エリスの行動はぶっ飛んでいるところがあるようだ。

「ま、まあいいじゃないっ！　……それにしても本当に大きいわね」

「エリス、まじまじと見ないでよ」

「なんで？」

「い、息が……その……」

皮が剥けているところに、エリスの吐息が当たっているのだ。

まるで優しく触れられるような感じがして、ビクビクと震えてしまう。

「ふふ、ご主人様、あたしの息だけで感じちゃうんだね」

「そ、そんなこと……」

「ふぅ」

「はぅ!?」

また吐息をかけられて、クライヴは腰を浮かせてしまった。

「あはは。ご主人様の反応が面白ーい！」

「エリス、あまりからかわないでよ」

「じゃあ、これならどうかな……？」

エリスはクライヴの勃起した肉棒を、ぎゅっと掴んだ。

「うわっ」

「あ、熱っ！　ご主人様、すっごく熱くなってるじゃない！」

「そ、そんなこと言われたって……」

「熱いし、硬いし、大きいし……そこら辺の剣のほうがよっぽど大人しいわね」

「うう……エリス、手を離してよ」

「やーだ♪」

面白くなってきたのか、エリスは指を絡め、そのまま優しく上下に動かしてきた。

彼女の細い指で攻められてしまうと、クライヴも気持ちよくなってしまう。

「ご主人様、ビクビクしてるよ？」

「エリスがエッチなことをするからでしょ」

「上下に……シコシコ……シコシコ……♪」

「うう……」

自分でするよりも遥かに気持ちよく、クライヴはなすがままにされていた。

気がつくと、尿道口から透明な汁まで出てきている。

「ご主人様、これ……なぁに？」

そんな尿道口に指の腹を当てたエリスは、そのままトントンと動かしていく。

すると細い指先に、ねっとりとした糸が引き、どこまで伸びていった。

「ふふ、これって気持ちよくなると出ちゃうものなんでしょ？　あたしで感じてくれてるんだね、嬉しいわ！」

「こんなことされて、気持ちよくならないわけないよ……！」

「はぁはぁ……あたしも我慢できなくなってきちゃったかもっ」

「え……」

エリスは上体を起こし、そっと腰を浮かせたのだった。

そしてそのまま、くるりと後ろを向く。

「ちょ、ちょっとエリス!?」

彼女のスカートはかなり短い。

尻タブが見えてしまうほど短いため、お尻は丸見えだ。

(丸見えだけど……それ以上に、もしかしてこれって？)

——履いてない。

色白の肌が、綺麗な形のヒップが全部見えてしまっているのだ。

「エ、エロ……」

「ご主人様？」

「う、ううん。何でもないっ」

思わず余計なことを呟いてしまった。

だが、エリスはきちんとそれを耳にしていた。

「ご主人様、あたしのお尻見て興奮したでしょ？」

「そ、そんなことは……」

「だって、おちんちんがさらに大きくなっているもん」

「う……」

自分でもそれがわかるくらいに、ペニスが痛いほど屹立している。

エリスの桃尻に興奮してしまっているのだ。

「ご主人様ってお尻が好きなんだね。エッチだなぁ」

「エリスだってエッチじゃないか」

「あたしはいいのよ♪」

そう言ってエリスは腰を浮かせ、勃起した肉棒に膣口を当てた。

「エ、エリス!?」

「あたしも我慢できないから……！」

「だけど」

「大丈夫、ご主人様のおちんちんを見ているときから、すっかり濡れてるから」

「いや、そういうことじゃ……」

「このまま我慢するほうが辛いから……」

エリスはゆっくりと腰を降ろしていった。

「あ、うう……！」

エリスの狭い膣肉が絡みつき、亀頭を締め付けてくる。

もう発射しそうではあるが、クライヴは奥歯を噛みしめて我慢していた。

「はぁん、んん……硬い、おちんちんが……中に……」

「エリス、無理しないでいいからね」

「へ、平気よ。ちょっと痛いけど、ヌレヌレになっているから、そこまでひどくないし」

ゆっくりとであるが、確実にエリスの膣に入っていってしまっている。

（ああ……気持ちいい……！）

人生二人目の、女の子の身体だ。

自分でヌレヌレと言っているだけあって、エリスの膣はかなり愛液を出していた。

それがペニスの根本まで滴り落ちていて、ヌルヌルしている。

膣壁がきゅうきゅうと締め付けてきて、まるでクライヴの肉棒をしごいているようだ。

「こ、このまま……奥まで入れちゃうからねっ。んんん……！」

尻を左右に振りながら、エリスは挿入していく。

すると、

「んんぁぁっ！　はあっ……あああぁっ」

甘い嬌声と共に、一気に奥までペニスが入ってしまった。

エリスの尻肉が股間に当たり、いやらしく変形しているのがわかる。

「はぁはぁ……ぜんぶ入れちゃった」

舌を出しながら、エリスが意地悪そうな笑みを浮かべる。

「ご主人様、あたしがぜったいに気持ちよくしてあげるからね。動いちゃダメなんだから！」

エリスは腰を動かし始めた。

「んぅ……はぁんっ！」

「す、すごい締め付けだっ！」

お尻を上下に動かしてくる、背面騎乗位。

パンパンと肉と肉がぶつかる音がこだましていく。

逆ハート型のいやらしい曲線を見ているだで、どんどん興奮が高まってくるようだった。

尻の形が綺麗になる体勢で、くびれから腰のラインが美しい
「ご主人様、どう？　あたしの膣内、気持ちいい？」

（うう……エロすぎだよぉ）

「う、うん……」

「やった！　よーし、もっと激しくしちゃうからね」

尻を持ち上げ、そして叩きつけていく。

ペニスの先端から根本にかけてまんべんなくしごいてくるような感じがして、クライヴは我慢するのが精一杯だった。

「はぁんっ、ご主人様のおちんちん……大きいっ」

「エリスのは狭いよ……」

「ご主人様のが大きいのよ！　まったく、本当にスケベちんぽなんだからっ！」

「どっちが……」

未経験でいきなり、尻を見せつけるような体位でクライヴを襲っているのだ。どっちが淫乱なのかは、言うまでもないのに。

「はぁはぁ……奥まで当たって気持ちいいっ」

「深いところまで行くと、もっと狭くなるね……！」

「ご主人様の精液を欲しがってるのよ！」

「エリスは、本当にエッチだね」

「ビンビンに勃起させているご主人様に、言われたくないわっ」

尻房が開いているため、肛門まで丸見えになっているのだ。

女の子の秘部を目にすることができて、クライヴはさらに興奮してしまった。

「ひゃわ！　ご主人様のおちんちんがまた大きくなったよ!?　どうして？」

「どうしてって……」

「あたしのお尻がいいの？　お尻責めされて興奮しているんでしょ！」

「うん、エリスのお尻がエッチだからいけないんだよ！」

「どんなふうにエッチなの？」

「綺麗だし、形もいいし、色白だし……」

「他には？」

「お、お尻の穴もヒクヒクしてるし……」

「――ッ!?」

そういうとエリスがビクンとなった。

「ご主人様、お尻って……」

「僕からだと、お尻の穴がよく見えるんだよ」

「なっ!?」

エリスが怒ったような声を出す。

「変態変態！　そんなの見ているなんて！」

「えっ!?　見せてるんじゃなかったの!?」

これもまた、意外な反応だった。

「そんなわけないじゃないっ！　ご主人様の変態！」

変態と言われてしまっても、しっかりと見ることができるのだ。

肉棒が入っている結合物も丸見えだし、エリスの身体のすべてがいやらしかった。

「あんっ！　ご主人様のおちんちんが太くなったから、もっと気持ちよくなってきちゃった！」

「エリス、あまり締め付けないで！」

「らってぇ、ご主人様のおちんちん……あんっ、気持ちいいんだもんっ！」

「僕もだ……！」

「おちんちんの硬いところが、あたしの一番深いところに当たってるのぉ！　ゴンゴンされたらおかしくなっちゃうよぉぉ！」

「腰を振ってるのはエリスでしょ」

「やぁん、気持ちいいか止められないのぉ」

「くっ……！」

さらに加速してきたピストンのせいで、クライヴは我慢することができなくなってきた。

足先に力が入って、ビクビクと震えているのがわかる。

「おちんちん、もっと硬くなったよ!?」

「ぼ、僕……そろそろ……」

「あ……ご主人様、イっちゃうの!?」

「う、うん……」

エリスはどこか安心したような表情を見せ、

「実はあたしも……もう……！」

「我慢してたの？」

「う、うん……ご主人様のが気持ちいいから」

確かにエリスの身体が、小刻みに震えているのがわかる。

「このまま腰を振るから……ね……お願い……」

「くっ……い、いいよっ」

「あんっ！　ご主人様、ご主人様ぁぁぁ！」

「エリス、気持ちいいよっ！」

「わかるわ！　ご主人様のおちんちんの中を、熱いものが込み上げてくるのが！」

「で、出そうだよ」

「いっぱい出して！　あたしのおまんこの中に、たっぷりと注いでほしいのっ！」

「で、でも……！」

「いいのっ！　出して、出して、出してェェ！」

叫びとともに、エリスの腰振りがスピードアップする。

先ほどまでパンパンという感じだったが、痛いくらいに叩きつけてくるのだった。

綺麗な桃尻が目の前でバウンドしているのを見ると、エロスを感じることができる。

「くぅぅぅ！　ご主人様、あたし……あらひぃ……！」

「はぁはぁ……が、我慢できないっ！」

「らしてぇ！　いっぱい射精してほしいのぉ！　ご主人様の子種ぇ！」

「く、ううう……も、もう出るよ……！」

「出して！　出して出して出して！　らひてぇぇぇぇ！」

「あああああ、イク……！」

「あたしもイク……イっちゃうううううううううううっ！」

ドックン、ドクドク……！

大量の精液が放出された。

限界まで我慢していたため、とんでもなく気持ちよく、おかしくなってしまいそうだった。

「ああっ！　で、出てるっ！　ご主人様の精液が出されてるぅぅぅ！」

「ま、まだ……！」

「んっ！　また！　また発射してくれたわ！」

「はぁはぁ……止まらないよぉ」

背面騎乗位で責められてしまったため、射精が止まらない。

自分で腰を動かしていれば調整することができるのだが、主導権はエリスが握ってしまっている。

射精させながらも腰をゆっくりと動かして、エリスはクライヴから精液を絞りとっていった。

「まだ……まだ出せる？」

「うう……わからないよっ」

「最後の一滴まで……！」

「うっ！」

強烈な締め付けを受け、クライヴは残滓を発射した。

もうカラカラになるまで射精してしまったようだ。

「はぁはぁ……もう出ないよ」

「ご主人様の精液、本当にすごい……！　おちんちんも大きくて、硬いし……！」

「エリスはエッチすぎるよぉ」

「ふふ、満足してくれたみたいで嬉しいわ！　これからも主人として、下僕であるあたしを気持ちよくさせなさいよ！」

「……下僕のセリフじゃないよ」

もっとツッコミを入れたいところだが、そんな体力は残っていない。

エリスのほうも限界らしく、そのまま前に倒れ込んでいた。

「もったいないけど……！」

エリスはゆっくりと膣内から肉棒を引き抜いた。

すると、白い液が膣内から溢れだしてくる。

(僕がこんなに可愛い子に……エリスの中に出したんだ……！)

そう考えると、より興奮してしまう。

自分にはフィリスがいるという背徳感により、興奮が高められてしまったようだ。

「はぁはぁ……ご主人様」

身体を向きを直したエリスは、クライヴの顔に近づいてくる。

「ご主人様、大好きよ」

そして、彼女はクライヴに口づけをしたのだった。

柔らかい唇をしていて、ソフトタッチだけでも十分に気持ちいい。

「ご主人様、好き……好き……好き……！」

「エリス……」

「……」

「あたし、ご主人様のものになるんだからっ！」

「絶対にね！」

彼女は笑顔を見せた。

そしてゆっくりと……そのままふたりは眠りについてしまった。

◆

翌朝。

「ご主人様、あーんっ！」

なんとエリスが朝食を作ってくれたのだ。強引なところがあるエリスであるため、まさか料理ができるとは思ってもみなかった。

エリスが作ってくれたのは、サラダと卵料理だった。

一見するとシンプルであるが、朝に食べるにはいいものを用意してくれたのだろう。

しかも、エリスは食べさせてくれるというのだ。

「大丈夫だよ、エリス。自分で食べられるから」

「でも、下僕の仕事ってこういうこともやるんでしょ？」

「わからないけど、僕にはしなくていいよ」

「なんで？」

「ルピーによれば確かに、僕はエリスを使役する義務があるかもしれないけど。でもエリスとは対等にいたいと思うし」

「ご主人様……」

エリスが目を丸くしていた。

「あたし、ご主人様の言いなりになってもいいわよ。ご主人様のためなら、どんな変態なこともできるわ！」

「へ、変態って……」

「い、痛いのはやだけど……それ以外なら」

「……」

使役って、そういうことなのかな？　もっと、戦闘っぽいことでは？

とはいえ、朝の食卓で話すネタではないため、クライヴは話題を変えた。

「そ、それより、エリスはこれからどうするの!?」

「え？　ご主人様と一緒にいるに決まってるじゃない」

「一緒にって……」

「あたし、ご主人様の行くところに、どこへでもついて行ってあげるんだからっ！」

「あ、ありがとう」

思わずお礼を言うクライヴ。

すると、急に扉が開いた。

「クーラーイーヴ！」

目の前には怒り心頭のフィリスが現れる。

朝っぱらから、エリスとイチャついていたのだから、恋人として怒るのも当然だろう。

「クライヴ、何してるの!?」

「な、何って……」

するとエリスは、

「あたしが朝食をつくってあげたのよ！」

「なっ!?」

フィリスが、面白いほど驚く。幼なじみでも、見たことのない表情だった。

「わ、私も……朝ごはん、持ってきたのに」

「本当、フィリス？」

「昨日は、一方的に怒ったまま別れちゃったから、仲直りのためにって」

「……」

なんという最悪なタイミング。

そう思っていると、

「まったく、すけこましな男はいけませんわね」

ルピーが現れた。

「ルピー、助けてよ。僕、どうしたら……」

「教えてあげますわ」

「やった！」

「ふたりの朝ごはんを、すべて食べればいいのです。それが甲斐性というものなのですわ」

「……」

聞かなきゃよかった。

(こんなにいっぱい、食べられるわけないよ……！)

フィリスは持ってきた食べ物をテーブルの上に並べた。

そこには、芋を煮たものと、ベーコンと野菜の炒めものが。

「さ、クライヴ。どっちの料理がおいしいか、教えてよね!?」

「ご主人様、あたしだよね？」

「いいえ、私よっ！」

「う……」

「ふふふ、面白くなってきましたわね」

「ルピー、君が余計なことを言うから……そういう流れになってるじゃないか」

「ほほほほほほほほほほ」

頼れる妖精は、高笑いするだけだった。

(こうなったら……)

結局、クライヴは根性を見せ、すべての料理を食べきってしまった。

「うぷ……」

さすがにお腹いっぱいで気持ち悪くなってきた。

「さすがですわ、クライヴ。じゃあ、次は私の……」

「もういいからっ！」

まだ食べさせてこようとする外道妖精を静止して、クライヴはぐったりした。

「ご主人様～♪」

と、すかさず抱きついてくるエリス。

「ちょっと！　な、何をしてるのっ!?」

「ご主人様とイチャイチャしたくて」

「イチャイチャ!?」

「ご主人様、昨日は気持ちよかったもんね？」

「――ッ!?」

言ってはいけないことを、さらっとエリスが口走ってしまった。

クライヴが慌ててごまかそうとするが、もう遅い。

「クライヴ、気持ちいいことって何!?」

「ち、違うんだ。あれは事故みたいなもので」

「事故ってどういうことよ！　あたしとのエッチが悪いことだったたっていうの!?」

「ち、ちが……！」

「やっぱりエッチしたのね！　クライヴのバカっ！」

「ほほほ、修羅場ですわ～！」

昨日のことは、ひとときの過ちということでやり過ごそうと考えていたクライヴだが、どうやらそれは許されないらしい。

当然、フィリスが泣き出してしまったのだから。

「うわーん、クライヴのバカ！　バカバカバカ！」

「ちょっと、フィリス。痛いよっ！」

胸のところを、容赦なくパカパカ叩いてくるフィリス。けっこう腕力があるのも、困りものだ。

彼女にとって、それだけショックだったんだろう。

「私とエリスちゃん、どっちがいいのよ？」

「あたしだよね、ご主人様!?」

「私でしょ!?」

「え、えっと……」

困ってしまうクライヴ。

するとルピーが、またも揉めそうなアドバイスを送ってきた。

「それなら、それぞれがデートして、相性を試してみればいいんじゃないんですの？」

『え？』

ルピーの提案に、三人は驚きのリアクションをする。

「クライヴはどちらかひとりを選ぶことは、すぐにはできないんでしょ？　だったら、デートでも何でもして、どちらかを選んでもらえばいいと思いますわ」

「あたしは別にいいわ」

エリスはすぐに賛成した。彼女からすれば、願ってないだろう。

だが、幼なじみであるフィリスにとっては、今更ではとも思ったけど……。

「私も……してみるわ」

フィリスのほうも、どうやら妖精の提案を受け入れるようだ。

「ぼ、僕は……」

これは、本当にクライヴたちのためなんだろうか？　またルピーに、なにか思惑でもあるのでは？

そんなふうに思ってはいても。

「「ちゃんと、やってくれるよね!?」」

フィリスとエリスにそう詰め寄られてしまったら、頷くしかない。

「……はい」

クライヴは、小さく返事をしたのだった。

「決まりですわ！　もっとアルカナの反応も見たいですし、コスモス様の力についての手がかりも、わかるかもしれませんから」

「……やっぱりルピーは、自分のことしか考えていないんだね」

「おほほほほ！」

クライヴは内心で、深くため息をついていた。

DRAGON PROVIDENCE
ドラゴンプロヴィデンス

第五章
フィリスとデート

「じゃあ、まずは私からね」

度重なる議論とケンカ、公正なるゲームの結果、クライヴはフィリスと先にデートすることになった。

一応はデートということなので、当然、ルピーやエリスはついてこない約束だ。

「クライヴ、これからどうしようか？」

「そうだね。街の外は危険だし、適当にそのへんをぶらつくのはどうだろう？」

「あまり普段と代わり映えしないけど、そのほうが私たちらしいかもね」

なんとなくやる気のなさが出てしまわないかと心配したが、フィリスもあっさり同意してくれた。

こうしてふたりは、気兼ねなく楽しめる街中へと、歩き出したのだったが。

「ふふ♪」

「どうしたの、フィリス？」

「よく考えたら、デートって初めてだなって思って」

「言われてみれば……」

「私たち小さい頃から一緒にいたから、デートみたいなことをあまりしたことなかったんだよね」

「うん」

「私とデートするのどう？」

「嬉しいよ。と言っても、フィリスと一緒にいるといつも嬉しいけれど」

なんとなく幸せな気持ちになりながら街を歩いていると、出店を見つけた。

どうやら、持ち歩けるようなカップに入れて、お茶を売っているらしい。

「せっかくだし、あれを飲みながら歩こうか」

そんなことすら、今までのふたりはしたことがなかったのかと思うと、あらためて悔やまれる。

勢いでクライヴが提案すると、フィリスは大きく頷いたのだった。

「おじさん、これも下さい」

「あいよ」

クライヴはお茶と、適当に目に入った焼き菓子を頼んだ。

フィリスも同じものを頼んだので、クライヴが二人分の代金を払った。

「ふふ、楽しみだぁ」

そう言って、フィリスは焼き菓子を一口食べた。

「んんっ！」

「どう？　おいしい？」

「うんっ！　甘すぎなくて、すっごくおいしいよっ！」

「あ、本当だ」

クライヴも同じように一口食べてフィリスと見つめ合うと、なんとなく、気持ちまで甘くなってしまった。

「フィリス……あ、あそこのベンチに腰掛けようか」

「そうだね」

街角のベンチに座り、ふたりはゆっくりとお茶を楽しんでいた。

もともとこうやって休む人が多いから、出店がこの辺りにいるのかもしれない。

「こうしてフィリスと甘いものを食べていると、昔のことを思い出すね」

「え、昔のことって……？」

「ほら、フィリスが僕にクッキーを作ってくれたときのこととか」

「う、うう〜。それは忘れてよ」

「どうして？」

「だって、私……あのときは失敗しちゃったじゃない」

「あー……」

正直なところ、フィリスはあまり料理が得意ではない。もちろん、最低限のことはできるのだが、ちょっと凝ったものになると難しいのだ。先日の朝食騒ぎも、だからこそクライヴには驚きでもあったのだ。

そんなふうなのに、幼いときに、フィリスがクッキーを作ってくれたことがある。

形も良くなく不揃いで、焦げついているところもかなりあった。

クライヴは食べてみたが、お世辞にもおいしいと言えるような代物ではなかったのだ。

だが、クライヴにはフィリスが頑張って作ってくれたということが、とても嬉しかった。

「あれは僕の誕生日だったよね」

「うん。クライヴの誕生日だから、気合入れてお菓子を作ろうと思ったんだけど、うまくいかなくて……」

「もちろん、気にしてないよ。ただただ、フィリスが僕のために何かをやってくれたことが嬉しかったんだ」

「そっか。あのころはずっと気にしてたと思う。だから、そう思ってくれてたならよかったかも」

「そうだったの？　だったら、そのとき僕の気持ちを言えばよかったたね」

するとフィリスがなにかを思ったように、真面目な顔つきでお茶を一口飲んだ。

「……あのときなんだ。私が、踊り子になろうと決意した思ったのは」

「え……？」

唐突は言葉だったたし、今までもその話は聞いたことがなかったので、クライヴは驚いた。

「クライヴは覚えてないかな。あの日、私たちは街で行われていたお祭りに出かけてたんだよ……」

「あ……思い出したかも！」

そうだった。そのときもたしか、見世物として踊り子の演舞が行われていたのだ。

ふたりで興味津々に眺め、それに感動したことを思い出した。

「フィリスは、その前から踊りが好きだったたもんね」

「うん。でも、まだ幼いころは適当に身体を動かしていただけよ。ちゃんと教えて貰おうって思ったのは、あのとき」

「どうして？」

「踊りであんなに多くの人を、楽しませて……熱狂させることができるんだって、知ることができたから」

「うん、よかったと思う。フィリスは、今では街で一番人気の踊り子だもんね」

「ずっとクライヴが、私の踊りを褒めていてくれたからこそ、頑張ることができたんだよ」

「僕はただ、素直に感想を言っただけだよ。実際に努力をしたのは、フィリスなんだから」

「ううん。クライヴが喜んでくれたから。クライヴが私を見ていてくれたからなんだよ」

ここまで言ってくれるのは、すごく嬉しい。

今までは、フィリスのために何もしてやれていないと思っていた。そんな焦りがクライヴに、人々に奉仕する騎士団への憧れを植え付けたのかもしれない。

それなのに、フィリスはそんなふうに感じてくれてたんだ。

「だからね、今度は私がクライヴの力になりたいのっ」

「力に?」

「クライヴの夢は騎士団に入ることだよね。私もそのお手伝いができればいいなって」

「十分、助かってるよ」

「本当に?」

「僕はフィリスを守りたいから……騎士団に入りたいんだ。でも、危険だと分かっていてもダンジョンにまで来てくれたし、そういうことが……すごく嬉しいんだ。フィリスといられることが……」

「よかった。私、クライヴの役に立っているんだね」

よい雰囲気になり、それからもふたりで思い出話が弾んだが、ふと、フィリスが話題を変えた。

「そういえばさ……ルピーちゃんは私たちにコスモスの力があるって言ってたけど、それってどういうことなんだろう」

「それは、僕もずっと考えていたんだよね」

「私たちふたりが、力を合わせたときにだけ使えたよね？」

「うん」

「それに、ルピーちゃんが私たちの力に気がついたときっていうのが……その、初めてエッチした日だし」

「もしかすると、そのときに何かが、僕たちに起こったかもしれないのかな？」

「可能性は……あると思うよ」

そのあとでルピーに乗せられ、エッチを再現してしまったときには、けっきょく分からなかったみたいだけど。

でも、クライヴとフィリスのふたりで……というのが鍵なのは、間違いないのだろう。

「ルピーの感じからしても、きっかけはそこにあるんだろうけど、根本的なことはわからないよね？

うーん、やっぱり不思議だなぁ」

「ま、コスモスの力っていうのがあってもなくても、私たちは私たちなんだから！」

こういうとき、フィリスは前向きだからいつも助かるのだ。

(僕も、あまり悩まないようにしないとな……)

クライヴは心の中でそんなことを考えていた。そうでなければ、励まされてばかりで、いつまでたってもフィリスを助けられない気がする。

「ね、クライヴ。せっかくのデートなんだし、もっといろいろなものを食べ歩こうよ」

「うん、それはいいね」

「食べ過ぎちゃうと体型が変わっちゃうけど、今日は特別だね♪」

クライヴとフィリスは立ち上がり、再び街の喧騒の中に溶け込んでいった。

◆

「ふぅ……疲れちゃった」

クライヴとフィリスは、そのまま日が暮れるまで食べ歩きをしていた。

お腹いっぱいになったため、フィリスの家にやって来たのだ。

「適当に座ってね」

「うん」

適当とは言っても、フィリスの部屋にはベッドくらいしか座るところがない。

だからクライヴは、なんとはなしに、フィリスのベッドに腰掛けたのだった。

(あ、フィリスの匂いがするな……)

小さい頃から何度もここに来ているが、フィリスの匂いを嗅ぐと安心してくる。

「ね、クライヴ」

「おわっ」

気がついたら、フィリスが横に座っていた。

「ど、どうしたの？」

「大事な話をしようと思って」

「う、うん……」

先ほどまで和気あいあいとしていたというのに、フィリスは今、とても真剣な顔をしている。

（う……これは嫌な予感がする……）

甘い予感ではなく、このパターンはお説教に近い気がする。まるで、母親に怒られているような気分になってきた。

「ねえ、エリスちゃんのことなんだけど」

やっぱりきた、とクライヴは思う。

（まあ、そのことから逃げ出すことはできないしな）

腹をくくるクライヴ。

「昨日、本当にシちゃったんだよね？」

「ご、ごめん……」

「ううん、謝らないでいいよ」

「……へっ？」

まさかの答えに、クライヴは素っ頓狂な声を出してしまう。

「エリスちゃんは確かに見た目もいいし、胸もとっても魅力的だから、クライヴが誘惑に負けるのも納得なの」

けっこうひどい意見な気はするが、ここはあえて何も言わずにいよう。

「だから、エリスちゃんとエッチしたことは許してあげる。だけど、エリスちゃんとのエッチがどうだったかは教えてほしいな」

笑顔のフィリス。

この笑顔が黒いものなのか純粋なものなのか、クライヴは判断することができなかった。

「イっちゃった？」

「ま、まあ……」

「ふーん。気持ちよかったんだ」

フィリスは話を続けた。

「じゃあ、私はエリスちゃんがしたことないようなことを、してみようかな」

「え……？」

すると、フィリスはクライヴをベッドへと押し倒した。

「え、えっと……フィリス？」

「ふふ、私もおっぱいは大きいんだよ？」

そんなこと、言われなくてもずっと知っている。

踊り子の服は露出度が高いため、その大きさや形まではっきりとわかるのだ。むしろ、強調するデザインだ。

「このおっぱいで……クライヴのおちんちんを挟んであげるね」

「ええっ？　ちょ、ちょっと！」

そう言うと、フィリスはあっという間に胸元をはだけ、胸を露出させた。

形のいい乳が露わになり、クライヴは注目してしまう。

中心にある乳首は桃色で美しく、徐々に硬くなり始めていた。

何度見ても興奮してしまう身体を、フィリスは持っている。

「ズボン……脱がしてあげるから」

フィリスがズボンを脱がすと、勃起したクライヴのペニスが飛び出てくる。天に刺さりそうな勢いで勃起していて、血管が浮き上がっていた。先端からは透明な汁が漏れ出している。

「クライヴ、おちんちん……もうこんなに硬くなってるね」

「フィリスが急に、おっぱいを見せるからだよ」

「私のおっぱい、好き？」

「そんなに大きくて綺麗なおっぱい、嫌いな男なんていないよ」

「そう言ってくれると嬉しいな。じゃあ、挟んであげるね」

フィリスは胸と胸を広げると、そのままクライヴの肉棒を挟んでいった。

「う、あ……！」

柔らかい肉に挟まれ、思わず声が漏れてしまう。

（お、おっぱいって、こんなに気持ちがいいの……？）

あまりの快楽にビクビクと腰が震えてしまう。フィリスはニコニコと楽しそうにしていた。

「クライヴのおちんちん、喜んでるね」

「じっさいその……き、気持ちいいんだもん」

「動いてあげるから」

「い、いいの？」

「挟まれているだけじゃ、もどかしいでしょ？」

すると、フィリスは口からヨダレを出して、クライヴの肉棒を濡らしてきた。

「んぁ……こうやって濡らすと、よく滑ると思うんだよね」

「す、すご……！」

胸の谷間が濡れて、ヌルヌルしてきた。

フィリスは両手で乳を寄せると、そのまま上下に身体を動かし始める。

「んしょ……んしょ……！」

「くっ……ううう……！」

「気持ちいい？」

「気持ちいいよぉ。フィリスのおっぱい、気持ちいい……！」

綺麗な形をした乳が、いやらしい形にひしゃげている。

しかも、お尻を突き出すような体勢をとっているため、桃尻まで見ることができて最高の眺めだった。

「クライヴのおちんちんの先から、どんどんお汁が溢れてくるよ」

「フィリスが気持ちよくするからでしょ」

フィリスは乳を強めに押し当て、まるで膣内のような圧力を加えてきた。

上下運動が続き、ペニスを強くしごかれるとすぐにでもイってしまいそうになる。

「はぁはぁ……うう……！」

「クライヴが、感じてる顔してる♪」

「とっても気持ちいいよぉ。おかしくなりそう」

「ふふ、女の子みたいな悲鳴を上げてるよ？」

「くぅ……ああっ！」

あまりの気持ちよさに、腰が溶けてしまいそうである。

おっぱいで挟まれることが、こんなに気持ちいいものだとは思ってもみなかった。

「クライヴ、もっと気持ちいいことをしてあげるね」

「え……？」

クライヴがフィリスのほうを見ると、

「あ〜ん」

大きく口を開けて、そのまま肉棒を飲み込んでしまったのだ。

「うっ!?」

急にねっとりした口の中に包み込まれ、クライヴの腰が大きく跳ねてしまった。

（あ、危ない……もう少しで射精するところだった……）

しかし、まだフィリスの奉仕は終わらない。

胸で肉棒を挟みながら、口でも愛撫をしてきたのだ。

――パイズリフェラ。

こんなことをされてしまったら、どんな男もイチコロである。

「ちゅぶ、じゅるるる、じゅぶぶ……どう？　気持ちいい？」

「ああ……フィリスのお口……いい」

「もっと感じて。私のお口も胸も……」

「んぁ……んんぁ……！」

「全部、クライヴのものなんだからねっ！」

胸でしごきながら、顔も上下に動かしてくる。

じゅぶじゅぶと卑猥な水音が鳴り響き、唾液が肉棒を伝っている。

尻から腰の曲線も美しい。どこを見ても、フィリスの身体はいやらしいものになっていた。

「じゅぶぶ……れろれろ……！」

「な、舐めてる……？」

「クライヴのおちんちんを、味わおうと思ってね」

裏筋のところをフィリスは丁寧に舐めてきた。舌先でちろちろと小刻みに刺激を与えてくる。

（すっごく気持ちいい……！）

胸と口で同時に攻められてしまい、クライヴも辛くなってきた。

「お汁がどんどん濃くなっていくよ？」

「はぁはぁ……フィリス、気持ちいいよぉ」

「このお汁も……ぺろ。舐めてあげるね」

「き、汚いよ」

「クライヴのものだから汚くなんかないよ。れろれろ……れろれろ……ぺろっ」

我慢汁を舐め取るように舌を動かしてくる。

尿道口をほじくられるように動かされると、腰が浮いてしまいそうになった。

「くぁ、フィ、フィリス……！」

「もっと感じてね……クライヴの大きいおちんちん」

「舌が絡みついて、余計に感じちゃうんだ」

「うん、嬉しい。クライヴが喜んでくれて。おちんちんが大きくなってきたよ？　イキそうなの？」

「も、もう……我慢できないかも」

むしろ、この瞬間まで我慢していることのほうがすごいと思う。

フィリスという街一番の美少女に、口と胸で同時に攻められてしまっているのだから。

「いいよ、クライヴ。いつでも出して」

「う、うん……」

「きて……きて……」

「出そうだから、口から離して……」

「お口に出して……お口でいいから……」

「で、でも……！」

「クライヴの精液を、ふむっ、はあぁ……お口で受け止めたいの」

そんなこと言われたら我慢できるわけがない。ペニスが膨張し、射精する瞬間を迎えていた。

「イ、イク……僕、イっちゃううううっ！」

「イって！　いっぱい出してぇ！」

「うっ！」

ビュルルルルルルルルルルル!!

大量の精液がフィリスの口内に発射された。

「んぐぅ!?」

あまりに量が多いため、フィリスの頬がパンパンに膨らんでいく。

口の端からは精液が漏れだしていた。

「ん……ぐぅ……すごいいっぱい……！」

「はぁはぁ……ま、まだ出る……！」

「んんっ!?」

気持ちよすぎたため、射精が止まらない。

何度も何度も、フィリスの口に精液の放出を繰り返していった。

「ん……このまま、飲んであげるね……」

そう言って、フィリスは精液を嚥下し始めた。

「ごく……んぐ……ごくごく……」

（フィリスが飲んでくれてるなんて……）

憧れていた少女が自分の精液を飲んでいるという光景が、いやらしくてたまらなかった。

喉にひっかかっているのか、苦しそうに何度も喉を鳴らしている。そして、

「クライヴ、見て。あーん」

フィリスが大きく口を開けて、精液をすべて飲んだことをアピールしてきた。

「すごい量の精液だったけど、全部飲めたよ」

「フィリス……」

「えへへ、ちょっとお腹にたまる感じがするかも」

なんて笑顔を見せられてしまったら、クライヴも興奮を抑えることができない。

「ク、クライヴ……？」

フィリスが股間に視線を送る。

先ほどまで射精していたというのに、クライヴの肉棒は硬さを取り戻していた。

「んもう、本当にクライヴは元気なんだから」

「い、いやぁ……フィリスの身体を見ていたら……」

「いいよ……私もその気になっちゃってるんだ……だから、入れてほしいな」

フィリスはよつん這いになり、尻をクライヴに向けた。

「今日は……後ろから……とか」

「わかった」

クライヴは上体を起こすと、彼女の尻を掴んだ。

（お、お尻も柔らかいな……！）

指先に力を入れただけで沈んでいくほど、フィリスの尻房は柔軟だった。

このまま尻を触っていたい気持ちもあるが、今は勃起したペニスをここに沈めるほうが先だ。

クライヴは肉棒を膣へ当てがうと、ゆっくりと中へ挿入していった。

「んぅ……んぁ！　クライヴの硬いものが入って……くる、のぉ……！」

「フィ、フィリス……すごい締め付けだよ」

前戯もいらないほどに、フィリスの膣内は大量の愛液が溢れていた。

あまりに量が出ているので、糸を引くほどである。

ベッドのシーツにはもう、シミができてしまっていた。

「クライヴ、このまま奥に……！」

「う、うん……！」

彼女の腰を掴んで、自らのほうに引いていく。

ヌプヌプと音を立てながら、フィリスの膣に肉棒が飲み込まれていった。

「あ、はぁんっ！　くる……きてるの……！」

「う、ああ……そんなに締め付けて……！」

「やぁん！　クライヴのおちんちん、すっごく大きいよぉ」

ついさっき射精したというのに、今すぐにでも発射してしまいそうなくらい強烈な快感が襲ってくる。ペニスの先端から根本にかけて強く締め付けてきて、膣壁が小刻みに動いているのだ。

何もしなくても、このまま射精してしまいそうである。

(でも自分だけじゃなく、ちゃんと動かないと……)

クライヴはピストンを開始した。

「クライヴのおちんちんが、私に出たり入ったりしてる……！」

「ん、それがとても気持ちいいよ、フィリス」

「わ、私も……私もクライヴのおちんちんを感じちゃうのっ」

「さっきは僕を気持ちよくしてくれたから、今度はフィリスを気持ちよくしてあげるね」

「お、お願い……激しくしていいからね」

そんなふうにおねだりされてしまったら、クライヴも止めることができなくなってしまう。

尻の形が変わるくらい、強く打ち付けていった。

「パンパンって……エッチな音が鳴ってるよぉ」

「フィリスの背中、すごく綺麗だ」

背中からくびれ、お尻の曲線が滑らかで悩ましい。

こんないい身体を自分のものにできていると考えると、クライヴは喜びで心が震えてしまう。

「ああっ！　気持ちいい、クライヴのもの……奥に当たって……！」

「後ろからだと、すごくよく入るんだね」

「なんだか奥に当たりすぎて……んぅん！　私、おかしくなっちゃいそうだよぉ！」

「じゃあ、もっとおかしくしてあげるからねっ」

パンパンという音とともに気持ちが盛り上がり、リズミカルに腰を振っていく。

クライヴは手を伸ばし、フィリスの胸を鷲掴みにした。

「きゃう!?　いきなりおっぱいは!?」

「だって、フィリスのおっぱいを揉みたいんだ」

「いやぁ……クライヴの触り方、エッチだよぉ」

手では収まりきらない大きさであるため、クライヴは少し強めに巨乳を揉みしだいていった。

むにゅむにゅと形を変形させ、その柔らかさが伝わってくる。

同時に乳首も指の腹で触った。

「ち、乳首……らめ！」

「フィリスの乳首が硬くなってるよ」

「い、言わないでぇ……あんっ！」

引っ張ったり、転がしたりしていく。その間も腰の動きを止めることはなかった。

「クライヴのエッチ、どんどん上手になっていく」

「フィリスの身体がいやらしいから、勝手に動いちゃうんだ」

「私の身体が好きなの？」

「好きだよ」

「あんっ！　もっと言って……！」

こんなに求められてしまったら、言わないわけがない。

クライヴは耳元で囁くように「好きだよ」と繰り返した。

「ゾ、ゾクゾクしちゃう……！　私、クライヴの声だけでも感じちゃってるよ」

「僕もフィリスの声で興奮するんだ」

「んんっ！　き、気持ちいいから……声も出ちゃうの……あああっ！」

「それを、もっと聞かせてほしい」

クライヴはさらに抽送を強くしていく。

尻を思いっきり引き寄せ、深いところに肉棒を突き刺した。

「はぅ!?」

「どう？　奥に当たると気持ちいいって言ってたから……」

「ら、らめ……おかしく……おかしくなっちゃうよぉ……！　奥、らめ……！」

滑舌が悪くなっているところを見ると、どうやらかなり感じてくれているらしい。

クライヴは子宮口をノックするように、何度も突いていった。

「らめ、らめらめえええええっ！　そんなに激しいと私……！」

「う……フィリスのアソコがさらに締まって……」

突けば突くほど膣内が狭くなっているのがわかる。まるで別の生き物のように動いていた。

(さすがにこのままだと……！)

締め付けられ、膣内も動いてくると、クライヴも耐えることができなくなってくる。

先ほど射精したからまだ耐えられているが、もし出していなかったらとっくに発射しているだろう。

それくらい、フィリスをバックで犯すのは強烈な快楽だった。

「ふぁんっ！　クライヴにいっぱいいろんなところを愛されて、私……すごく幸せなのっ」

「僕も幸せだよ」

「うん……クライヴ、もっと私を犯して……あたなのものにしていいの！」

「こ、これ以上は……」

さすがに我慢することができない。

今も呼吸を整えながら、なんとか射精を我慢しているのだから。

「クライヴ……イキそうなの？」

「そ、そうだね」

「わかるよ。クライヴのおちんちんが大きくなってるもん。クライヴのおちんちんは射精するとき、もっと大きくなるのっ」

「そうなんだ」

「だから……すごく気持ちよくって……あんっ、んっ、んっ、あっ！」

「フィリス!?」

「私も……もうダメかもしれない……！」

「ダメって？」

「……クライヴのおちんちんに、私……イカされちゃう……！」

「じゃあ、一緒にイこう」

クライヴはそう提案したのだった。

「うんっ！　イキたい！　クライヴと一緒にイキたいのっ！」

「イこう、フィリス」

クライヴはラストスパートをかけ、腰の動きを加速させた。速く、強いピストンを繰り返していき、フィリスの膣内を撹拌していく。一番深い場所を突いてやると、フィリスは面白いように反応した。

「ふぁああっ！」

海老反りになって、顔を天井に向ける。

身体を反らすとさらに膣が引き締まって、クライヴの精液を絞りとろうとしてくるのだ。

「フィリスが僕の精液をほしがってるよ」

「ほしいんだもんっ！　クライヴの子種を私の子宮にたっぷりと注ぎ込んでほしいのっ！」

「うん、フィリスが満足するくらい、たっぷり出してあげるからねっ」

「出して……出していいよ……！　あっ、あっ、あっ！　も、もう……！」

「僕ももう我慢するの……限界……！」

「きて！　また、いっぱい出して！」

きゅううう、とフィリスの膣が圧力をかけてきた。

カリ首に絡みついてくるため、クライヴも限界を迎える。

「イ、イクよ……！」

「わ、私も……イク……イっちゃう！　一緒に……一緒に……イこう！」

「で、出るっ！」

ビュルルルルルルルルルル！　ビュルルルルルルルルルルル！

大量の精液がフィリスの中に発射された。さっき射精したとは思えないほどに、濃い精液が出ているのが分かる。きっと、量もすごいことになっている。

「で、出てる……！　ビュクビュクって私の中で……！」

「はぁはぁ……まだ出る……！」

「感じるよ……おちんちんが震えているの……あんっ！」

「締め付けがすごいからもっと出せそう……うっ、はぅ！　最後の一滴……濃いの出たぁ……！」

射精を終え、クライヴはフィリスの膣からペニスを引き抜いた。

肉棒が栓となっていたのか、大量の精液がフィリスの中から溢れだしてくる。

「ふふ、いっぱい出ちゃったね」

「気持ちよかったから」

フィリスは溢れだした精液を指で絡めとり、そのまま舐めていった。

「え、フィリス？」

「もったいないかなって」

「そこまでしなくても……」

「だって、クライヴの精液おいしいから。さっきもそうだったし、クセになりそうなんだもん」

まだエッチの回数もけっして多くはない。なのに、ここまで言ってくれるというのは、嬉しいものである。

「クライヴ……」

フィリスがそっと寄り添ってきたので、クライヴは彼女を抱きしめる。愛しいフィリスを胸に抱く幸福を感じた。

「私、ずっとクライヴと一緒にいたい、それがどんな未来であっても」

フィリスは顔を上げると、唇を尖らせた。キスをしてくれということだ。

「フィリス……ん……」

クライヴはフィリスと口づけをする。このままふたりの関係が続けばいいと願って。

DRAGON PROVIDENCE
ドラゴンプロヴィデンス

第六章
エリスとデート

次の日。今度は約束どおりで、エリスとのデート日になった。

「どうでしたの、クライヴ？　フィリスとのデートは楽しめたんですの？」

出かける準備をしていると、興味があるのか、さっそくルピーが尋ねてきた。

「そうだね。ふたりの時間を楽しむことができたと思うよ」

「まったく、鼻の下が伸びていますわ。どんないやらしいことをしてきたのか」

「え!?　鼻の下、伸びてる!?」

クライヴが顔を触ると、

「ちょっと、ご主人様！　昨日はフィリスとナニをしてきたのよ」

そんなやりとりが聞こえたのか、エリスがクライヴのほうに近づいてきた。

「い、いや……別に」

「別にってナニもないわけでしょ！　本当にご主人様はスケベなんだから！」

「ええっ!?」

一方的に言われてしまい、クライヴも困ってしまう。

そんな様子を見ているルピーは、

「おほほほほ。修羅場ですわ♪」

と喜んでいた。

（ルピーの奴、鼻の下なんか伸びてないのに、そんなことを言って……。余計な誤解を産んだじゃないか）

おそらくこの流れは、ルピーのいたずらなんだろう。

エリスが近くにいたため、そんなことを言えば彼女が怒ると、わかっていたのだ。

彼女が怒ると、まずはクライヴに強くあたる。ルピーはきっと、それだけが見たかったんだろう。

「私、用事を思い出しましたわ。おほほほほ」

高笑いをしながら、どこかへ消えてしまうルピー。

なんと逃げ足の早い妖精だろうか。おとぎ話に出るような悪戯好きの妖精らしいといえば、そうなのかもしれないが。それにしても、ちょっと変わった妖精だ。

「本当にルピーは面倒なことを……」

クライヴの家の前では、エリスが待っている。

いきなりあんな話をしてしまったので、彼女のご機嫌は最初から斜めになっていた。

「ふん、ご主人様のことなんて知らないんだから！」

「え、えぇぇ……」

とても、これからデートだとは思えない雰囲気だ。

「反省する気があるのなら、あたしを楽しませなさいよねっ」

「楽しませるって？」

「それはあたしが考えることじゃないでしょ！」

まあ、それはそうだ。

（女の子なんだし、男にリードしてもらいたいのは当たり前か。こんな状況じゃなければ、正論な

んだけどね）

　このままだとデートの趣旨がおかしくなってしまうような気がするが、そんなことを言ったらまたエリスは怒ってしまうだろう。

　クライヴは内心でため息をついた。

（それにエリスは、アルカナだしな……）

　人間とは違う。アルカナとして、クライヴたちとは違う時間を過ごしてきたことを考えると、こ
の街のこともよく知らないのかもしれない。

（そうだ……だったら！）

　クライヴはあることを思いついた。

「エリスは、この街のことはわかるの？」

「わかるわけないでしょ。ここには、初めて来たんだから」

「じゃあ、まずは街の中を案内してあげるよ」

「本当!?」

　思ったより嬉しそうなその反応は、普通に人間の、年頃の少女のようだった。

「とくに何かあるわけじゃないから、期待はしないでほしいんだけど」

「いいよ、いいよ。ご主人様と一緒にいられるだけで、あたしは楽しいんだから！」

「よし、じゃあ行こうか」

　お互いに街に詳しかったフィリスとは別のコースなら、クライヴも十分楽しめるかもしれない。

クライヴとエリスは、街の中をいっしょに歩くことにした。

まず初めにふたりが来た場所は、

「ここがアイテムショップだよ」

「アイテムショップ？」

「うん。ポーションとかが売っている場所なんだ」

「へえ……」

とはいえ、あまりよくわかってなさそうなエリス。

クライヴは、こんな何気ない場所でも楽しんでもらえればと思う。

なにせ、人間の街自体が、エリスには始めてなのではないかと思うから。

「ポーションはね、体力を回復するアイテムだと思えばいいよ。ポーションの質によって、回復する体力の度合いも変わってくるんだ」

「あたしだったら、すぐに全回復するのがいいな」

「全回復なら、ケーキみたいな特別なものもあるよ」

「それよ。あたしはそっちがいい！」

「エリスはきっと、体力には問題ないからどれでも大丈夫だよ……。でも、甘いものが好きなの？」

クライヴは少し気になったので、尋ねてみた。

するとエリスは目を輝かせ、

「大好きっ！」

と大きな声で言った。

（見た目こそ幼いけど、ツンケンしているところがあるから、けっこう意外だな。甘いものが好きだなんて、可愛らしいところもあるんだ。今度、どこかのお店に連れて行っても、いいかもしれないな）

そのときはきっと喜んでくれるだろうと、クライヴは感じていた。

エリスは喜怒哀楽の変化が激しいため、見ていて飽きない面がある。

出会ったばかりだが、こういったところも彼女の魅力の一つなんだと、クライヴは思っていた。

「ねえねえ、ご主人様。次はどこへ連れてってくれるの？」

機嫌が直ったのか、エリスは見た目の可愛らしさに合った甘え方で、こんどは聞いてくる。

「この周りにはまだまだお店があるから、歩きながら、順番にちゃんと紹介してあげるよ」

「他にも、こんなお店があるの!?」

「売っているものに大きさ差はないんだけど、お金以外にもメダルやベルで交換するお店もあるんだよ。そういうところをうまく活用して、冒険を楽にするっていうのも一つの戦略かな」

冒険者未満のクライヴではあるが、先日のダンジョン以来、イメージが具体的に湧いてくるようになっていた。

自分でも回復薬などのいろいろなアイテムを、店を回ってじっくり見たくなっているのだ。

「へぇ。人間の準備は、いろいろあるのね」

「道具だけじゃないよ。場所によっては強力な敵が潜んでいることもあるから、しっかりと仲間を揃えないといけないしね」

「仲間……か」

エリスが意味深に呟いたので、クライヴは気になってしまった。

「エリス、どうしたの？」

「ご主人様は、いっしょに冒険できるような仲間が、たくさんいるの？」

「え……？」

突然、そんなことを言われてしまったため、クライヴは返答に困ってしまう。

(まあ、今はフィリスがいるけれど……)

確かにそれまでは、仲間らしい仲間はいなかった。

「あたしも、ご主人様の仲間だよね？」

「ど、どうしたの、急に……」

「こう見えてもあたし……魔法が使えるんだよ！」

「そうだったの!?」

確かに立派な杖は持っているし、アルカナであるから、きっと特殊な力を持っているんだろう。

しかしエリスの見た目は可憐すぎて、戦闘ができるとは思っていなかったのだ。

だから、ほんとうに驚いている。

「魔法か……アルカナってすごいんだね、エリス」

「でしょ！　だから、今度どこかのダンジョンへ行くときは、あたしも連れて行ってよね」

「考えておくよ」

自信満々な彼女の様子に、頼もしさすら感じた。まだまだ騎士団に入るための功績も上げなきゃいけないし、もしものときは戦力で頼らせてもらおうと思う。

（ま、エリスがそこまで強いとは思えないけど……）

彼女は女の子なのだ。何かあったときは、自分が守ってあげないといけない。

騎士でありたいと思うクライヴには、エリスがどんな魔法の力を持っているとしても、それがあたりまえの感情だった。

「それなら、次はギルドについて、話そうか」

「ギルド……？」

「ギルドっていうのはね、組合みたいなものさ。同じ目的を持つもの同士でチームを組んで、活動していくんだ」

「へえ」

「ギルドにはランクがあって、高ランクじゃないとできない活動とかもあるんだよ。高ランクに行くのは大変らしいけど、もしなれたなら、すてきなことだよね」

「ふーん、冒険ってのも、けっこう面白そうね」

「申請が認められれば、ギルドマスターになることができてね。自分だけのギルドを持つこともできるんだよ。それが、仲間といっしょに冒険するってことだよ、エリス」

「ご主人様は……ギルドを作ってないの？」

「ギルドは騎士団に入っていないと、作れないからね」

「そうなんだ？」

「もし入隊が叶ったら、そのときこそ、自分でギルドを作りたいって思ってるんだ」

「それなら、やっぱりまずは、騎士団に入らないとだね」

「うん。そうだね」

現状はまだ、順調とは言えないかもしれないが、前には進んでいると思う。

暴走したエリスを倒したときの戦利品もきちんと持っているし、クライヴが戦力になるということを証明することは、なんとか可能だ。

だが、飛び入りで入団する功績としては、まだまだ足りない気がしていた。

（もっと頑張らないとな……）

クライヴはエリスに話しながらも、自分の心を引き締めた。

騎士団は単なる冒険者じゃない。精鋭揃いの集団だ、そう簡単にはいかないだろう。

しかしギルドの話題は、エリスにとってはお茶やポーションよりは、興味を引く内容だったようだ。

「ご主人様、他には何があるの？」

そう言って、自分から質問してきた。

「そうだなぁ。ジョブについてはどう？　知ってるかな？」

「ジョブ？」

「ジョブっていうのは、個々の戦闘スタイルのことを言うんだ。たとえば、ファイターやナイト、ウィザード、プリーストなんかが、この街にはいるね。厳密には違うけど、冒険者にとっての職業みたいな感じかな」

「なんだか、どれもかっこいい名前だね」

「もちろん、ジョブはかっこよさで選ぶのもいい。でも、個人個人で得意な要素が違うからさ。経験を積むとみんな、戦略によってジョブを変えていくんだ。たとえばファイターは火の魔法陣によって、火属性のスキル威力を高めることができる」

「戦うときの、特性が違ってくるよね。相手にもよるし」

自身も魔法を使うというエリスは、そのあたりのことには、多少の知識があるようだ。

ギルドの話になってから、少し興奮してきているようにも見える。

ルピーによれば一応は「神」らしいから、クライヴには想像もつかないけれど、意外と戦闘経験があるのかもしれない。

「ジョブにもランクがあって、階級が上がればさらに強い力を得るんだ。奥義を習得できるようになったりね」

そういうクライヴ自身も、やはり高揚感を覚えてしまう。先日の冒険以来、心のどこかで、もっと成長したいと望んでいる自分に気付いていた。

こんなふうにデートするのも悪くないが、ギルドの事を考えていると、早くもう一度ダニージョンに……なんてふうに、気がはやってしまう。

フィリストもこれからは定期的に、騎士団が認めてくれそうな場所へと、冒険に出ようと話している。

付き合いの良いフィリスは、快く協力を申し出てくれていた。

「そして、ギルドたちに募集がかかる大規模な討伐戦に参加すれば、もっと特別なこともある。それが、冒険者たちの一番の目的だろうね」

討伐戦。それは、クライヴには憧れの舞台だ。もちろん危険だって半端ないが、騎士団の武勇伝と並ぶ、街の男ならだれもが参加を夢見る大規模な戦いだった。

エリスのように暴走したものなのかは知らないが、特別なモンスターと戦うことが多いという。

鍛冶屋だからと、いつの間にか剣を手にとっていたが、クライヴにも他のジョブへの素質が、あったりするのだろうか？

走り始めたばかりの今はまだ、まったく見当もつかなかった。

だからこそ、もっと何度も、魔物との戦いに身を投じなければいけないのだろう。自分が定まらなければ、騎士になどなれるはずもなかった。

「でも、ご主人様は騎士団に入るために、どこかのギルドには入らないんだよね？」

「そういうことになるね」

「うん……でもあたし、どんな形ででも、ご主人様の役に立てるように頑張るね！」

「ありがとう。期待してるよ」

それは、お世辞ではない。剣士であるクライヴには、魔法の使い手は重要な仲間になるだろうから。

再び立ち上がり、ふたりはまた歩き始めた。

その後は、適当な場所をぶらつくだけだったけど、それでもエリスは楽しんでくれたみたいでクライヴは安心した。

(それにしても、僕はあまりデートが得意じゃないなぁ)

フィリスのときとほとんど代わり映えしないので、クライヴは内心で、自分のデートセンスのなさにショックを受けていた。

今まで女性と付き合った経験がないので、それも当たり前ではあるのが。

情けないことには、かわりない。

「ん……？」

ふと、エリスが急に、ある場所で脚を止めたことに気付く。

そこは、街外れにある医者の家だった。

「どうしたの、エリス？」

「なんだか、ここから不思議な感じがして……」

「不思議な感じ？」

「うまくいえないけど、ご主人様が暴走から助けてくれたときのような……」

一体、何のことを言っているのだろう。見回してみても、とくに変わったことはなさそうだ。

クライヴには、特別なことはわからなかった。

「ご主人様、ここは？」

「医者だよ。ずっとここにあるね」

「医者？」

「うん。だいぶ街外れにあるから、あまり流行っているような感じはしないけど」

「建物も、なんか綺麗じゃないね。これでも、診療所なの？」

「うーん、この家の医者は、いつも街にいるわけじゃないみたいなんだよね。僕も詳しくは知らないけど」

「ご主人様は、ここに来たことがあるの？」

エリスは、どうしても気になるようだった。その様子は、どこかルピーを思い出させる。

ということは、これもクライヴと無関係ではないのだろうか？

「……来たことはないよ」

クライヴはそう答えた後で、ふとあることを思い出した。

「いや……あるのかも」

「えっ!?　ほんとに？」

「確か、僕とフィリスが幼いころ、熱を出しちゃったときなんだけど」

「フィリスも……」

「森で迷子になっていたんだ。それを助けてもらったのはよかったんだけど、ふたりとも熱が酷くて……。夜遅くて、どこの病院も開いてなかったんだよね。だけど……」

「そのときに、ここに来たんだ？」

「うん。僕も意識が朦朧としてたし、子供だったから定かではないけど。確かに、それがここだったと思う……」

それ以来はここに来ることがなかったから、クライヴはすっかり忘れていたのだ。

見ただけでは思い出せなかったことを考えると、かなり記憶の奥深くに眠っていたんだと思う。

(僕たちをちゃんと助けてくれたんだから……建物が少し荒れていても、悪い医者じゃないと思うけどね)

なぜ、忘れてしまっていたんだろう。

ただ、あまり評判を聞かないし、街の人々にはよく思われていないのかもしれない。

(ま、あまり考えても仕方ないか)

「行こう、エリス」

とくに感じるもののなかったクライヴは、先へと歩き出した。

しかし……。

「……なんだろう、少し嫌な感じがするかもしれないわ」

エリスは、小さく呟いたのだった。

◆

結局、ふたりは歩き疲れてしまったため、クライヴの家に戻ったのだった。

(なんかこれも、フィリスのときと似たような流れだな……)

自分の引き出しの少なさに、内心で苦笑する。

「あー、よく歩いた。疲れたわね」

「お疲れ様、エリス。街のことは、わかってきたかな？」

「うん。お店なんかもバッチリ！　あとで、買い物とかも楽しんでみるわ。またの機会にね」

「デートを楽しんでもらってようで、よかったよ」

「でもあたし、疲れちゃった」

そう言って、エリスがベッドに腰掛けた。

「うーん……！」

身体を伸ばしてストレッチをしている。

(なんか、エリスの様子が……)

こちらのことをチラチラと、何度も見返しているのだ。チラっと見ては「うーん」と伸びをしている。

(これって……)

エリスが望んでいることがわかったクライヴは、すっと彼女の側にいった。

「マッサージでもしてほしいの？」

「え、してくれるの!?」

「あれだけアピールされたらね」

普段は「ご主人様」なんて呼ぶくせに、エリスはどこか偉そうなのだ。

偉そうではあるが鼻につく感じはしないので、クライヴにはむしろ可愛いと思っている。

だから、誘いに乗ってみることにした。

「べ、別にしてほしいなんて、頼んでないんだからねっ」

「じゃ、やらなくていいの？」

「う〜」

なぜかジト目で見つめてきた。

（まったく……）

クライヴは肩をすくめて、

「いいよ、やってあげるから」

「やった！」

そんなやり取りも楽しみながら、エリスにマッサージをしてあげることにした。

「まずは肩からいくよ？」

「はーい、お願いね」

エリスの後ろに回ったクライヴは、最初は肩を揉むことにした。

綺麗なうなじを見ながら、しっかりと両手を使って丁寧に両肩を揉んでいく。

「ん、んん……いい感じよ、ご主人様」

「普通はご主人様に、肩を揉ませたりしないんだけどね」

「むしろあたしの身体を触らせてあげてるんだから、ありがたいと思いなさいよ」

「……ここまで生意気な下僕っているのかな」

「なんか言った!?」

「……いいえ、何でも」

エリスの怒気が怖いので、クライヴは大人しくマッサージを続けた。

「いいわ……ご主人様……そう、もっと……！」

「こう？」

「あんっ、そんな絶妙な力加減で揉まれたら……」

なにやらエリスの声が、どんどん艶っぽい感じになってくる。

（エ、エリスっ、どうしてそんなエロい声を出すんだよ）

だめだとは思いつつも、どうしても意識してしまいそうになる。

「もっと……もっと……強く……あんっ！」

「痛い？」

「き、気持ちいい……続けて……気持ちいいから……！」

「わかったよ」

エリスの嬌声を聞いていると、股間に血液が集まってくるようだった。

勃起しないように頑張るクライヴ。

だが、彼の位置からはエリスの胸の谷間すら見ることができたのだ。

（うう……なんという絶妙なポジション……）

エリスの胸はかなりの大きさをしているため、谷間が深く刻まれている。
しかも、服の露出度も高いのでよく見えるのだ。
(す、すごい迫力だなぁ……)
と思いながら肩を揉んでいると、エリスの身体に異変が起きているのに気がついた。
胸のところの突起が、どんどん高くなっているのだ。
最初は気がつかなかったが、ぐんぐん主張しているのがわかる。
(あ、あれって……)
どう見ても乳首が勃起している証拠。
(くっ……!)
目の前に立っている乳首があるのだ。我慢できるわけがない。
だが、自分はマッサージをしているのであって、エッチなことがしたいわけではない。
クライヴは頭の中で強烈な葛藤に悩まされていた。
「ん……はぁん……っ! あっ、あっ!」
さすがに限界である。
(こんな声を聞かされて、我慢できるわけないだろーっ!)
クライヴは少しずつ、エリスの胸のほうに手を寄せていった。
「あんっ、ご主人様! 肩は!?」
「肩はもうほぐれてきてるから」

「で、でも……！」

「ここ、凝ってるじゃない？」

そう言いながら、クライヴはエリスの胸に後ろから掴みかかった。

「ひゃわ！」

びっくりしたのか、エリスの身体が震える。

（やっぱり大きいなぁ）

小柄な体型をしているのに、彼女の身体は肉付きがいい。

そのため、胸もかなりのボリュームなのだ。

（や、柔らかい……！）

大きさにプラスして柔らかさまで最高なんだから、文句のつけようがない。

（凝ってるなんて嘘だよ……）

柔肉を揉みしだきながら、クライヴはそんなことを思っていた。

「はぁはぁ……ご主人様、ダメっ。マッサージじゃないわ」

「いや、しっかり揉んであげないと」

「やぁんっ！　おっぱい、ダメ……感じちゃう……！」

先ほど以上に、ますます乳首が勃起しているのがわかる。

クライヴは指の腹で乳首をコリコリと撫でることにした。

「ふぁぅ!?　び、敏感なところに！」

「硬くなって……じゃなくて凝ってるみたいだね、エリス」

「やぁん。ご主人様が触るからでしょ」

「僕のせいなの？」

「ご主人様が触ると……ああん、気持ちよくなっちゃうのっ」

「そうなんだ」

エリスに言われたところで、手の動きをやめるわけがない。

むしろ、もっと彼女を気持ちよくさせたいという欲求のほうが強くなっていく。

「あんぅ、んあっ！」

「感じる？」

「感じるのっ！　感じちゃうのっ！」

「エッチだね、エリスは」

「そ、そんなこと……やぁんっ！」

「僕、胸しか触ってないんだよ？」

「う、うう……」

胸のみの愛撫だけで、エリスはビクビクと身体を震わせていた。

乳首はさらに硬くなるし、顎は天を向くようになっている。

エリスが感じているのは一目瞭然である。

（もっと……）

こんなエリスを見ていたら、イクところまでイカせないと気がすまない。

クライヴはさらに強く揉んでいった。

「ひゃううぅ！　おっぱいが……！」

「すごいね、どんどん形が変わっていくよ」

指と指の隙間から溢れるくらい、エリスの乳は大きい。

まるでパン生地でもこねるように、クライヴは巨乳への愛撫を止めなかった。

「はぁはぁ……らめ、らめ……！」

「何がダメなの？」

「おっぱいばっかりいじめるの……らめっ！」

「いいじゃん」

クライヴはエリスの拒否を無視して、さらに続けた。

乳首をつねったり、引っ張ったりしていく。

「ち、乳首……強くしちゃ……！」

「気持ちよくなっちゃうから？」

「そ、そうよ！　このままだと本当に……！」

「本当にどうなるの？」

「う、うう……さっきから質問ばっかりでぇ……！」

こういうときじゃないとエリスに反撃できないから、クライヴはここぞとばかりに攻めていった。

「本当に乳首ばっかり……ご主人様、覚えておきなさいよっ」

「え？」

「んもう！　とぼけたフリをしてぇ！」

エリスの身体が小刻みに震えているのがわかる。

（そろそろかな……）

クライヴは乳攻めをさらに強くしていった。

合わせて、エリスの耳を舐めてみせる。

「はぁんっ、み、耳、らめ……！　そ、そこは……そこはぁ」

「弱点なの？」

「う、うるさ……はぁぁんんっ！　も、もうダメ……あたし……」

「イキそう？」

「う、うん……イっちゃう……イっちゃうのっ」

「いいよ、イって」

「あっ、あっ、あっ！　あたし、乳首だけ……乳首だけで……！」

「イって」

「もうダメ……ダメダメ！　我慢できないっ！」

エリスがブルっと大きく揺れて、

「イ、イックぅぅぅ！」

ビックン、ビクビク！

腰を突き上げるような動きを見せながら、エリスは絶頂してしまった。

それほど気持ちよかったのか、エリスのお尻の辺りが濡れているのがわかる。

「はぁはぁ……あたし……あたし……」

「気持ちよかった？」

「う、うん……」

「お漏らしするくらいに？」

「――ッ!?」

エリスは言葉にならない悲鳴を上げる。

「こ、これは……！」

「イっちゃった勢いで漏らしちゃった？」

「う、うう……だって、ご主人様が気持ちよくするから……！」

「いっぱい出ちゃったみたいだね」

「は、恥ずかしい……！」

まさかお漏らしするほど感じてくれるとは、思ってもみなかった。

勝ち気なエリスが顔を真っ赤にしている姿を見て、クライヴの興奮も高まっていく。

「今度は僕の番だよね？」

そう言って、エリスの背中に勃起した肉棒を当てていく。

「ご、ご主人様の……当たってるわよぉ……」

「エリスのせいで大きくなっちゃった」

「何よ、それ。あたしにどうにかしろって言うの？」

「できるよね？」

「あたしはご主人様の下僕だし……そんなこと当たり前でしょ」

エリスはクライヴのほうを向き直って、強引にズボンを下ろしてきた。

窮屈そうにしていたペニスがブルンと現れる。

「まったく、なんて大きさなのよ……！」

「エリス、お願い」

「いいわよ、シてあげるわ」

エリスは腰を浮かせると、座ったままの状態で挿入してきた。

「このまま入れるわよ」

「うん、いいよ」

対面座位の体勢で、エリスの中に挿入していく。

すでに大洪水になっているので、あっという間に一番深いところまで入れることができた。

「あああ、あああっ！　入って……くるわ……！」

「う……やっぱりエリスの締め付けはすごいなっ」

奥歯を噛み締めていないと、すぐにでも発射してしまいそうである。

肉棒をすべて挿入し終えると、エリスは腰を振り始めた。

「あ、あたしが……動くんだからっ」

「あまり無理しないでね」

「ふん！　ご主人様こそ、すぐにイっちゃダメなんだからね」

「善処するよ」

クライヴはエリスの尻を掴んで、彼女のことを支えた。

そして、エリスは淫らに腰を振っていく。

「はぁん、あああぅ、んぅぅ！　すごいの、ご主人さまのおちんちん……！」

「エリスの中も、すっごくいいよ」

膣内は愛液が大量に出ているため、かなりヌルヌルしていた。

ヌルヌルしているのに、締め付けが強烈なので射精を我慢するのがやっとである。

「カリ首……ご主人様のカリ首、やばい……！」

「やばい？」

「お腹がめくれちゃう……！」

カリ首がエリスの膣壁を引っ掻いていく。

どうやらそれが気持ちいいらしく、エリスの腰振りは自然と速くなっていった。

「やばい……やばい……これ、気持ちいい！」

「僕もだよ。最高に、気持ちいいね」

「奥まで届くのぉ！　ご主人様のおちんちん……！　ご主人様のおちんちんがぁ！」

「うわ、どんどん締め付けてくるね」

「だって、勝手に動いちゃうのぉ……」

一突きするごとにエリスの締め付けも強くなっていくから、我慢するほうがきつかった。

だが、せっかくエリスが喜んでいるのだからと、必死になって射精を耐えるしかない。

「エリスのおっぱい、吸ってあげるね」

巨乳が目の前で揺れているのだ。

放置しておくなんて、ありえない。

クライヴはエリスの乳首へとむしゃぶりついた。

「ひゃあああああああああっっ!?」

ビクビクと震えるエリス。

「どうしたの？」

「な、何でもないわ……」

「ちゃんと説明してよ」

クライヴに重ねて言われてしまい、断れないのかエリスはしぶしぶ答えたのだった。

「だって……だって……」

「ん？」

「だって、さっきイったばかりで敏感になっているところを、いきなり吸われるんだもん！」

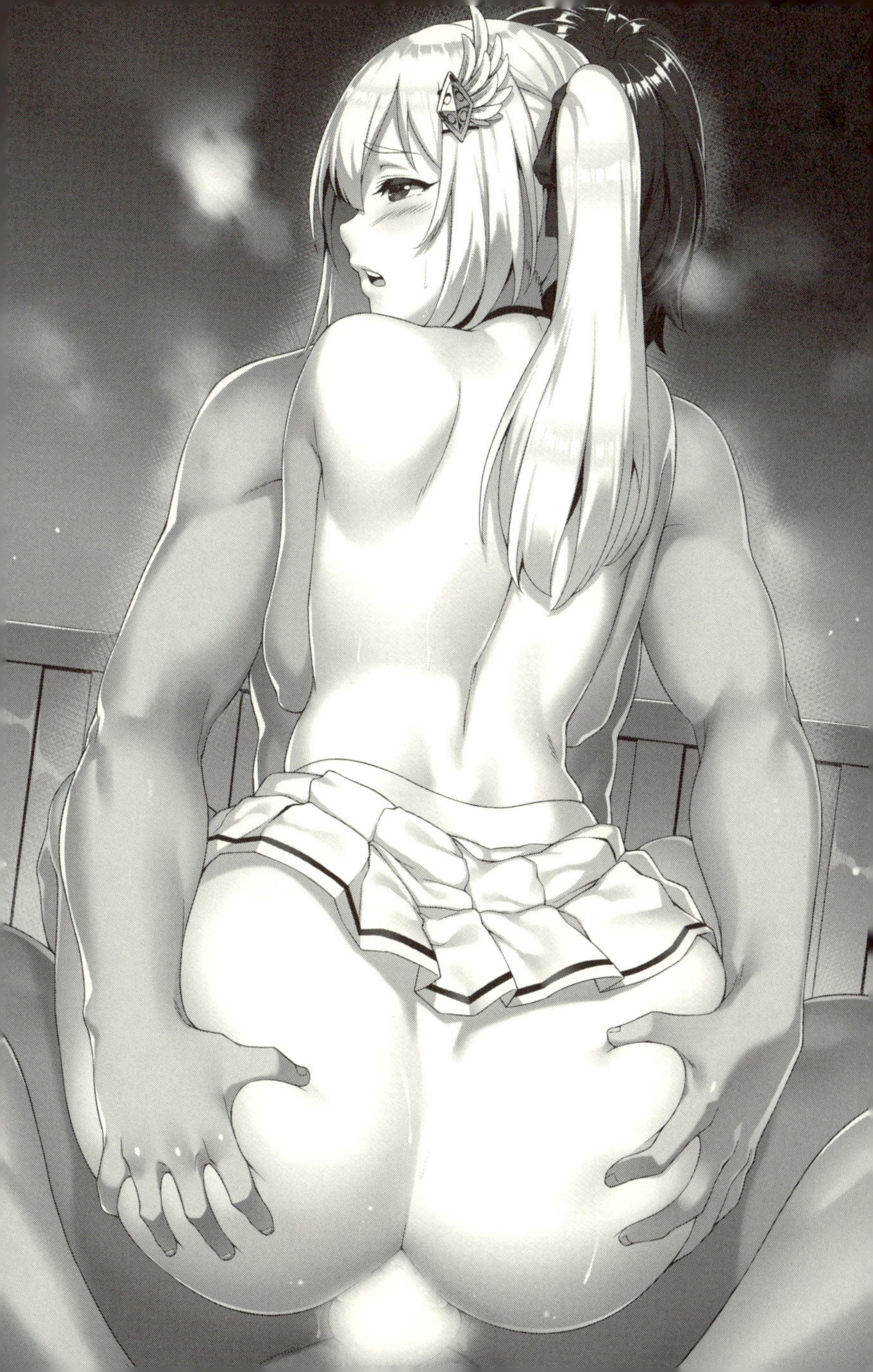

「感じちゃった？」

「気持ちよく……ならないわけないでしょ！　あんっ！　もっと吸ってよぉぉぉ！」

おねがりされてしまったら仕方ない。

クライヴは水音が響くくらい強く吸引したのだった。

「ああっ、あああっ、あああ！　すごい……乳首、取れちゃう……！」

「さすがにミルクはでないか」

「やぁぁ！　ご主人様、赤ちゃんみたいになってるぅ！」

口に含みながら、今度は舌で転がしていく。

レロレロと何度も弾くように攻めていった。

「んぁあっ！　すごいのぉぉ！　すごいのぉぉぉ！」

「エリス、どんどん締まっていくよ……」

「らめえ！　らめなのぉ！」

「僕のでもっと、気持ちよくなって……！」

エリスの尻を掴んだクライヴは、自らペニスを突き上げていく。

ガンガンと子宮と貫くような勢いで、ピストンしていった。

「きゃあああっ！　いきなり、すごいっ！　子宮……気持ちいい……！」

「やっぱり奥が気持ちいい？」

「奥……おかしくなるぅ……子宮が潰されている感じが……！」

「もっと感じさせてあげるね……！」

クライヴはさらにピストンをスピードアップさせた。

ヒダ壁が絡みついて、カリ首を締め付けてくる。

（くっ……！）

敏感な部分を集中攻撃されると、さすがに限界がきそうになる。

（我慢だ……！）

イキそうでイカないという、この一番気持ちいい瞬間をもう少し味わっていたい。

「ひゃぅうんん！　ご主人様ぁ……！　ご主人様ぁ！」

「エリス……エリス……！」

「おちんちん、気持ちいい……！　気持ちいいよぉ……！」

「エリス、中がビクビクしてきたよ？」

「も、もう……あたし、ダメ……イキそうなの……！」

愛液もさらに溢れだし、にちゃにちゃと音が響いている。

乳首も硬く勃起し、膣も細かに震えていた。

（そろそろ僕も……！）

クライヴもすでに限界に達してしまっている。

我慢汁を垂れ流しながら、腰を振っている状態だ。

「あんっ！　ご主人様のおちんちん、大きく!?」

「僕もイキそうだ……！」

「イってくれるの？」

「うん……エリス、もしかして、僕がイクのを待ってくれてたの？」

「そうよ……だって、ご主人様と一緒にイキたかったんだもん」

この状況でなんて。それくらいエリスは、クライヴのことを愛してくれているのだろう。

(悪いことをしっちゃったかな？)

クライヴも我慢しすぎてしまったようである。

だが、エリスも一緒に絶頂を迎えると約束したのだから、あとは悩む必要はない。

クライヴはより深いところへと、ペニスを突き刺していった。

「あんっ！　あああああああっ！」

エリスの嬌声が大きくなっていく。

「気持ちいいっ！　もうらめえええ！　らめなのぉぉぉ！」

「ぼ、僕も……！」

「ご主人様……ご主人様ぁ！　一緒に！　一緒にイキたい！」

「一緒にイこう、エリス」

「うん……！　うん……！」

尿道口に熱いものが込み上げてきている。

もう限界だ。

「出すよ、エリス！」

「きて、きて！　いっぱい出してほしいのぉぉ！」

「で、出る……！」

「うぅん!?」

ビュクビュク、ドクドクドクドク……！

限界を超えた精液がエリスの膣内で放出された。

何度も射精を繰り返して、彼女の子宮をいっぱいにしていく。

「あ……ああ……出てる……ご主人様の精液……！」

「はぁはぁ……。いっぱい出た……！」

「気持ちいい……子宮を叩いてくるみたいに勢いのある射精だったの……」

目が上のほうを向き、口がだらしなく開いてしまっている。

それくらい最高の絶頂を迎えたということだった。

「エリスの中……とってもよかったよ」

「ご主人様のおちんちんも、やばすぎだから……！」

ふたりはまだ座位の体勢を変えず、挿入したまま口づけをしていった。

「んちゅ……んちゅ……ご主人様ぁ……！」

舌と舌を絡めあい、よだれが口元からこぼれてしまっている。

激しさと優しさを兼ね揃えた口づけで、エリスの口内を撹拌していった。

「いい……ご主人様との……キス……」

「エリスの唇、柔らかいね……」

「はぁはぁ……素敵……っ。キス、好きぃ……！」

「僕もだよ、エリス」

確認し合うように……ふたりは何度もキスを繰り返していった。

DRAGON PROVIDENCE
ドラゴンプロヴィデンス

第七章
女の子たち、決着？

ふたりとのデートを、クライヴが終えて数日が経ったある夜。フィリスは、エリスの部屋を訪れていた。

フィリスとしては、あることを確かめたかったのだ。

コンコン、とエリスがいるであろう部屋の扉をノックする。

「ご主人様!?」

クライヴだと思ったのか、エリスは浮かれた声を出しながら扉を開けてきた。

「ご主人様ったら、あたしのところによば……あ!」

「私でごめんね、エリスちゃん」

クライヴが夜這いに来たと勘違いのしたのだろう。

ライバルとしても、これくらいだと逆に分かりやすくていい。

「ど、どうしてあんたがいるのよ!?」

がっかりしたのか、エリスがいきなりの喧嘩腰になる。

(ここで怒っちゃダメだよね……)

フィリスはあくまでも話し合いに来たのだ。エリスの態度に腹を立てていたら、いつまで経っても話を進めることができない。

「エリスちゃんにお話があるの」

「話!?　話って何よ？」

「立ち話もなんだから、入れてくれない？」

「ま、まあ……いいけど」

エリスは素直に部屋の中に入れてくれた。

彼女の部屋はクライヴの家が所有しているものだ。もともとは店から離れた場所にある物置的な小屋だったのだが、クライヴが簡単に掃除をして、使えるようにしていた。

ほこりっぽいところはあるが、基本的な生活をする分には問題ないようになっている。

「で、話って？」

エリスは腕を組みながら、フィリスに尋ねた。

(やっぱり喧嘩腰なのね……)

うまくなだめようと思ったが、かえって逆効果になりそうだったので、フィリスは本題に入ることにした。

「ねえ、エリスちゃん」

「何？」

「あなたは本当にクライヴのことが好きなの!?」

そう尋ねると、エリスはビクリと身体を震わせた。

「好きって何よっ。べ、別にあたしはご主人様のこと……」

「私はクライヴのことを好きよ。幼なじみで小さい頃からずっと好きだったの」

フィリスはエリスの言葉に被せるように言った。

「私たちは小さい頃からずっと一緒にいたわ。どんなときも……。一緒にいけない遊びをして、大人に怒られちゃったときもあるの」

「そ、それで？」

「私の人生の中で一度も、クライヴがかけたことはなかった。そして、これからもクライヴと一緒にいたいの」

「なるほど。だから、あたしが邪魔ってわけね」

エリスはキッとフィリスのことを睨みつけた。

「あたしがご主人様のことを取っちゃいそうだから、倒しに来たんでしょ!?」

「……そんなことないよ」

フィリスは言った。

「え……？」

意外な答えだったのか、エリスも狐につままれたような顔をしている。

「私、エリスちゃんの気持ちを確かめたいの」

「どうしてよ」

「もし同じ人を愛しているのなら、うまくやっていけるかもしれないって」

「……」

フィリスが言うと、エリスは黙ってしまった。

いつもはうるさいくらいの彼女なのに、今はただただ静かである。

（エリスちゃん……）

フィリスが心配そうに見つめていると、

「あ、あたしだって……！」

エリスが口を開いたのだった。

「あたしだってこんな気持ち初めてなんだから。だけど、ご主人様は暴走したあたしを止めてくれたし、優しくしてくれたし……」

「うん、わかるよ」

「暴走して、ひとりで寂しかったときに、声をかけてくれたのはご主人様なのっ」

「だから、エリスちゃんは……」

「そうよ！　あたしも彼のことが大好きなの……だけど……だけど……」

堪えきれなくなったのか、エリスが涙を流していく。

「だけど……あんたのほうが長い時間、ご主人様といたの。数日間のあたしじゃ、勝てない……」

その場にうずくまってしまうエリス。

フィリスは彼女の側に寄り、そっと手を当てた。

「時間じゃないよ」

「え……？」

「大事なのは時間じゃないから。それはエリスちゃんの態度を見ればわかるもん。クライヴのことが大好きなんだよね」

「うん……うん……！　ご主人様のことが好きなのぉ……」

「その気持ちは嘘じゃないんだよ。私も彼のことを愛しているからわかるの」

「うん……」

「だから、顔を上げてエリスちゃん」

エリスの顎を持って、フィリスは視線を合わせた。


「——私たちふたりで彼のことを愛さない？」


フィリスは優しく笑ったのだった。

「ふ、ふたりで……？」

「そう。取り合うんじゃなくて、ふたりで彼を支えてあげるの。どう？」

「い、いいの？　あたし、邪魔者じゃないの？」

「そんなことない。むしろ、クライヴと同じようにエリスちゃんのことも好きだよ。不器用で、なかなかうまくいかなくて、まるで小さい頃の私を見ているみたい……」

「へ？」

「クライヴは小さい頃からの幼なじみだから、家族みたいなもの。だけど、私にとってはエリスちゃんも家族。三人で仲良くするっていうのはダメかな？」

「……う、嬉しい……よ」

エリスは小さく言った。

「うん、嬉しい……！　あたし、ずっといろんな人と争いばかりで……素直になりきれない自分が嫌いだったの……。だから、カオスの邪気にも……」

「完璧な人なんていないよ。それを補っていくために、仲間を作るんじゃないの？」

「そ、そうかもしれないわ……」

「ふふ、エリスちゃんもわかったみたいね。これで私たちは家族」

「家族……いい言葉だね」

「うんっ！」

フィリスは、ふっと笑い、

「じゃあ、もうケンカはなしにしましょう。私たちは、クライヴのためになるように頑張るの。私たちふたりは同じ気持ちなんだから」

この言葉にエリスも大きく頷いた。

「さ、クライヴのところに行きましょう」

「ご主人様、待ってるの？」

「わからないけど、私たちが来て嫌な顔はしないでしょ」

「ご主人様、あまりモテそうにないもんね」

「あはは。エリスちゃん、よくわかってるね！　彼、小さい頃から全然なの。好きなのは私とエリスちゃんくらいかもね」

「ふふ、それならあたしたちふたりが、とことん愛さないとダメみたいね」

「ええ。じゃあ、クライヴのところに行こう」

「うんっ！」

こうしてふたりは、クライヴのところに向かったのだった。

◆

このところいろいろなことがあったので、たまの休みにぐっすりと寝ていると、

「クライヴ！」

「ご主人様！」

とフィリスとエリスが、耳元で呼んできたのだ。

クライヴは慌てて飛び起きる。

「おわっ！　どうしたの、ふたりとも!?」

しかも、ふたりともかなり接近してきているのだ。寝起きだというのに、あっという間に目が覚めてしまう。

「クライヴ、私とエリスちゃん……どっちを選ぶの!?」

「ええっ!?」

「そうだわ！　早くあたしを選びなさいよっ」

「そ、そんなこと言われても、結論を出すのは明日じゃなかったっけ……？」

数日空けたタイミングで、どちらを選ぶのか、ルピーの前で決めることになっていた。

それなのに急かされてしまい、クライヴは困惑してしまう。

「い、いや……その……」

「早く決めなさいよね、ご主人様！　どうせ明日なんだから今でも変わんないでしょ！」

「お、横暴だよ」

「ううん。エリスちゃんの言うことも一理あると思うわ。さ、クライヴ……今、決めて」

ぐっと顔を近づけられるクライヴ。

（こ、これはもう……逃げることはできないな……）

正直なことを言うと、クライヴの心は決まっていた。

どういった結論を出すべきなのかを。

（腹をくくるしか……！）

クライヴは素早く土下座した。

「ごめん、ふたりとも！」

急に謝られたので、女の子たちはぽかんとしている。

「僕、どちらかを選ぶことなんてできない。ふたりとも僕にとって大事な人なんだ……！」

クライヴが謝った理由は、ひとりに決めることができなかったから。

「自分勝手ということもわかってるつもりだよ。だけど、僕はふたりと仲良くしたいんだ！　どっちも欠けちゃダメなんだよっ！」

それぞれの子と歩む人生も考えてみたが、三人で歩むほうが絶対に楽しいとクライヴは思ったのだ。

女の子たちが納得してくれるかわからないが、彼の中では精一杯の誠意である。

これ以上のことを決めるのは難しかった。

すると、

「やっぱりクライヴだねっ」

「ふふ、あたしはわかっていたけどね♪」

急に笑顔を見せるふたり。

クライヴはどういうことか理解できなかった。

「え、ええ？　ど、どういうこと？」

「私たち、実はもう三人で歩む道を考えていたんだよ」

「そうそう。で、クライヴがどういう気持ちなのか確かめたくて演技してみたの」

「そ、そうなの!?」

あの勢いで演技していたことは驚きだが、ふたりが怒っていないというなら一安心である。

クライヴはほっと胸を撫で下ろしていた。

（あー……よかった）

それを見たフィリスはにっこりと笑って、

「私たちはクライヴのものだからね」

と言ったのだ。

嬉しいと同時に、このふたりを守らないといけないという使命感が湧いてくる。

(僕がふたりを……)

ふたりがずっと笑顔のままでいられるように、よりいっそう頑張ろうと心に誓っていた。

「じゃあ……」

エリスが舌で唇をぺろりと舐める。

「ど、どうしたの、エリス？」

「ご主人様、好きな女の子とすることはわかるよね？」

「な、なんでしょう……？」

「クライヴ、どうしてわからないの？」

「ご主人様はとぼけてるんだよね」

「う……」

「じゃあ、あたしが教えてあげるよ」

すると、エリスはクライヴのことを押し倒したのだった。

「どーん！」

「うわっ！」

強く押されてしまったため、クライヴはベッドの上で横になる。

(びっくりしたぁ……)

なんて思っていると、

「えい♪」

顔のところにエリスの尻が覆いかぶさってきたのだ。

「んぐっ!?」

確かにエリスの身体は軽いが、それでも大きめのお尻で塞がれてしまっては呼吸もうまくできない。

クライヴは苦しそうにうめいていた。

(う、うう……!)

息苦しくはあるが、エリスのお尻が柔らかくて、気持ちよかった。

尻の割れ目に顔を挟まれているのに、甘い匂いがするし、どんどん興奮が強くなっていく。

(こ、このままだと……)

ムクムクと肉棒が大きくなっているのがわかった。

「あ!　クライヴ、おちんちんが勃ってきてるよ」

「こ、これは……!」

「まったく、エリスちゃんのお尻に興奮したからって……」

「ご、ごめんなさいっ」

「クライヴみたいなエッチな男の子には、お仕置きが必要だね」

フィリスがそう言うと、彼女はクライヴのズボンを脱がしたのだった。

勃起している肉棒が外の空気に触れる。

ビキビキと血管を浮かび上がらせ、たくましく怒張していた。

「本当にクライヴのおちんちんは、大きいんだからっ！」

「そ、そんなこと言われても……」

「エリスちゃん、そのままクライヴのことを押さえていてね」

「任せて！　だけど、次はあたしの番なんだからねっ」

「わかってるって♪」

どうやら女の子たちの中では、この関係に同意していたらしい。

美少女ふたりにまたがられているクライヴは、ただただされるがままだった。

「じゃあ、クライヴの入れちゃうね……」

くちゅ、と下半身のほうから音が鳴る。

フィリスが馬乗りになって、股を広げているのだ。

すっかり濡れてしまった膣から愛液が漏れだし、卑猥な水音を響かせている。

「あん……ん……クライヴのここ……入って……くるぅ……！」

腰を前後に揺らしながら、フィリスが挿入してくる。

エリスのお尻による顔面騎乗位もされているし、本当にすぐにイってしまいそうだった。

「お姉ちゃん、すごく気持ちよさそう」

どうやらエリスは、いつの間にかフィリスのことを「お姉ちゃん」と呼ぶようになったらしい。

ふたりの関係に変化があったことは喜ばしいことであるが、今は射精を我慢することに必死である。

「エリスちゃんも知ってるでしょ。クライヴのおちんちん……」

「うん。ご主人様のおちんちんは本当に凶暴だからね」

「ゆっくり入れないと……ああっ、すぐにイっちゃいそうになるの」

「わかるわ」

イキそうになるというのは、クライヴだって一緒である。

中ほどまで入ってきたというのに、フィリスの膣壁がキュンキュン締め付けてくるのだ。

カリ首に襞が絡みついてくると、一気に射精してしまいたくなってしまう。

「んん……このまま奥まで……んっ！」

すとん、とフィリスの尻が落ちてきた。

「あああっ！」

大きな嬌声を上げ、フィリスの膣が軽く痙攣しているのがわかる。

「はぁはぁ……すごいよ、クライヴのおちんちん……！」

「いいなぁ。あたしもはやくほしいっ」

「ごめんね、エリスちゃん。じゃあ、腰を振るからね」

フィリスが腰を前後に揺らしてくる。

踊り子であるためか、こんなときにも、フィリスの動きは滑らかであった。

カクンカクンと腰を動かされると、肉棒が様々な方向へ引っ張られてしまい、それだけでもう発射してしまいそうになる。

（ああ……気持ちいい……！）

ただ寝ているだけで気持ちよくしてもらうというのは最高である。

ビクビクとペニスが震えているみたいだった。

「ほら、ご主人様……あたしも忘れないで」

「んぶ!?」

エリスがさらに尻を顔に密着させてきた。

どうやら彼女も興奮しているらしく、愛液が顔にまで垂れてきている。

「せっかく顔の上に乗ってるんだからぁ……」

猫なで声で言われてしまったら、クライヴも応えないわけにはいかない。

「そこまでエリスが言うんなら……！」

クライヴは舌を伸ばして、彼女の局部を舐め始めた。

「ひゃわ!?」

「エリス、感じる？」

「や、やぁ……！　舌があたしの中に入って……ああんぅ！」

「気持ちいい？」

「クライヴがあたしのお豆の舐めてくるのぉ！　気持ちいい……！」

舌で膣内をほじくってやると、また愛液が溢れ出してきた。

それくらい、彼女が感じてくれているというわけだ。

「むぅ。エリスちゃん、気持ちよさそう」

「お姉ちゃんは、おちんちんを独り占めしてるんだから……いいでしょ」

「まあ、そうだけど」

嫉妬しているのかフィリスのグラインドが速くなっていく。

「うう……！　フィリス、激しい……！」

「クライヴが、舐められないようにしてあげるんだからっ」

「お姉ちゃん、ずるい！　あたしも頑張る！」

さらにエリスは、顔へと圧力をかける。

尻プレスをされてしまい、クライヴも息苦しい。

（ああ……すごい……！）

ふたりの美少女がこんなにも、自分のことを攻めているのだ。

激しいグラインド騎乗位と淫乱な顔面騎乗位。

寝ているだけだというのにものすごく興奮し、気持ちがいい。

「ほらほら、ご主人様！　もっと舐めて！」

「クライヴ、まだイっちゃダメだからね」

「あ、あまり無理を言わないでよ……！」

尻と膣に攻められている状態で長く保てるはずがない。

クライヴは拳を握りしめながら、必死に我慢していた。

「んっ、んっ！　クライヴのおちんちん……気持ちいい！」

「あたしも舌がいいのっ！　もっとかき回してぇ！」

クライヴは舌をさらに突き出し、ぐちゃぐちゃにほじくっていった。

「やぁぁあっ！　す、すごい……！」

「エリスちゃん、いっぱい感じてるんだね」

クライヴはエリスの陰核を吸ってみた。

「くはぁぁ！　す、吸われて……！」

「エリス、どう？」

「う、うん。気持ちいい……お豆が吸い込まれていくのぉ！」

「たくさん気持ちよくなってねっ」

「んふぁあっ！　ああんっ！」

クライヴとエリスが盛り上がっていると、フィリスも騎乗位を激しくする。

「私だって……！」

人気の踊り子であるフィリスの腰振りはすごい。

波のように動き、前後に素早く腰を動かしていくのだ。

しかも、どんどん膣が締まってくるから、我慢するのが大変だった。

「クライヴのおちんちん、私の気持ちいいところに当たる……！」

「ぼ、僕も気持ちいいよ……！」

「あはぁっ！　おちんちの形がわかるのぉ！　カリ首がすごく出っ張ってる！」

「奥が気持ちいいんだよね？」

「おちんちんの先で奥をゴリゴリされると、私……おかしくなっちゃいそうっ！」

「くぅ……！」

のけぞるような体勢になっても、フィリスは腰を振り続ける。

フィリスの肌は柔らかく、クライヴは触れているだけで快感を覚えるのだった。

（そ、そろそろ……僕も……！）

さすがにふたり同時に相手にしていると、耐えることができなくなってきた。

ビクビクと股間が震えているのがわかる。

「んっ！　クライヴのおちんちんが……！」

「はぁはぁ……もうダメかもしれない？」

「イクの？　イっちゃうのぉ!?」

「フィリスの中に出しちゃうよぉ」

「出して！　いっぱい出していいからね！」

「わ、わかった……」

「私もそろそろ限界かも……！」

どうやらフィリスのほうもイク寸前らしい。

そして、それはエリスも同じだった。

「ご主人様ぁ……あたしも……あたしも、もう……！」

「エリスもイキそうなの？」

「く、くやしいけど……ご主人様の舌だけであたし、イカされちゃうわ……！」

「イっていいからねっ」

「う、うん……！」

エリスの尻に力が入って、ぷるぷると震えて我慢しているのがわかった。

「ふたりとも一緒にイこうね！」

「イ、イク……！　私、みんなと一緒がいいっ！」

「あたしもよ！」

フィリスの腰の動きが激しくなっていく。

あまりにも動くため、ベッドがギシギシと音を立てていたのだ。

同時に、エリスも腰を振っている。

（エリスも感じているんだね……！）

まるでお漏らしのように愛液を垂らしているエリス。

フィリスのほうもヌレヌレになっているため、結合部には白い泡が出てきていた。

「はぁんっ！　クライヴ……クライヴ……！」

「ご主人様ぁ……ご主人様ぁ……！」

「ふたりとも気持ちいいよっ！」

「私、そろそろ……！」

「あたしもイキそう……！」

「僕も出そうだから……！」

尿道口に熱いものが込み上げてきているのがわかる。ペニスが膨張しているのだ。

「クライヴのおちんちん、また大きくなった……!?」

「僕、イキそうだ……！」

「私もイク、イクイクイク……あ、だめぇ」

「あたしも、イっちゃうっ！　イクのぉぉぉ！」

「だ、出すよ……」

「出して、クライヴ！　私のおまんこの中に特濃の精液を！」

「あぁっ、あああああああ！　あたしも、イクぅぅっ！」

「で、出る……！」

ぐっとクライヴが力を入れた瞬間、精液が放たれた。

ドクドクドクドク、ビュルルルル！　ビュクビュクビュクビュク!!

「ふぁああっ！　で、出てる……！　クライヴの精液が出てるのぉぉぉ！」

「くぅ……いっぱい出るぅ！」

「あたし、イってるぅ！　イってるからぁ！　あああっ！」

三人は同時に絶頂を迎えた。

あまりにも強烈な快感であったため、ぐったりと寝転び、その場でビクビクと震えている。

「はぁはぁ……クライヴのおちんちん……最高ぉ」

「フィリスの中に……出しちゃった……！」

「あたしなんて舌だけでイカされちゃったんだから」

フィリスはペニスを引き抜くと、ベッドに寝そべった。

「もう腰……動かない……！」

「ありがとう、フィリス。気持ちよかったよ」

「ふふ、クライヴが喜んでくれて私も嬉しいよ」

さすがにもう、これで寝ることができるだろうとクライヴが思っていると、

「はもっ！」

いきなりエリスが肉棒を咥えてきた。

「ちょ、ちょっと！　エリス!?」

「あたしはまだ、おちんちんを入れてもらってないんだけど!?」

「え、ええ……！」

「確かに舌でイっちゃったけどさ、ご主人様のおちんちんでも気持ちよくなりたいの」

射精したため、小さくなっていた肉棒であるが、エリスに舐められているうちにだんだんと硬さを取り戻してきた。

「れろ、ちゅぱぱぱ……！」

「くぅ……！」

「ご主人様のおちんちん、大きくなってきたよ？」

「エリスが舐めるからでしょ？」

「さっきあたしを舌で気持ちよくしてくれたから、そのお返し」

「そ、そうなんだ」

射精直後で敏感になっているのを知っているのか、エリスは丁寧に舐めてきた。

先端から根本にかけて、ゆっくりとした動きで舌先を這わせていく。

「れろれろ……周りについていた精液も……全部綺麗にしてあげるからね」

「あ、ありがとう」

「うふふ、これで綺麗になったかな」

エリスが舐めてくれたおかげで、精液はなくなってしまった。

しかも、完全に勃起している状態である。

「ご主人様、これだけ大きいんだからできるよね？」

「エリスがそこまで求めているとはね」

「わかってるなら……ねえ、早くしてよ」

エリスは四つん這いになると、尻をこちらに向けたのだった。

「後ろから？」

「バックで激しく犯してほしいのっ！」

エリスが言うので、クライヴは彼女の腰を持って挿入することにした。

「ああっ、ああっ……入って……くるわぁ……！」

「うう……濡れ濡れで気持ち良すぎて……いきなり出ちゃいそうだよぉ」

「ご主人様、イキたいときにいつでもイっていいからねっ」

「わかったよ、でもさ……」

後背位の体勢でエリスに挿入して、クライヴは腰を振り始めた。

大きめな尻をしていて、肉付きもいいため、打ち付けるだけで柔肉が波打つのだ。

一突きするごとにエリスはのけぞっていき、ビクビクと震えているのがわかる。

「あんぅ！　やっぱり……ご主人様の大きいっ！」

「いいよ、エリス！　もっと声を出して！」

「あああっ！　ああああああ！　気持ちいいのぉぉぉ！　気持ちいいよぉぉぉ！」

「僕もだよ……」

まるで獣にでもなったみたいに激しくセックスをしていく。

パンパンと肉を打ち付ける音が、どんどん大きくなっていった。

「あああ！　奥まで当たるぅぅ！」

「だって、エリスの奥がすごい締め付けてくるんだよ」

「ふぁああっ！　おかしくなりそう！　目の奥がチカチカするのぉぉ！」

「もっといっぱい感じるんだ、エリス」

腰を掴んで、ピストンを加速させていく。

先ほどはただ寝ているだけだったから、クライヴの体力は余っているのだ。

(でも、いくら腰を振ることができても……!)

射精を我慢することは辛かった。出したばかりだというのに、またイってしまいそうな感覚がある。

エリスの膣壁が絡みついて、搾り取ろうとしてくるのだ。

まるでバキュームフェラをされているような気分である。

「あんぅ、ご主人様ぁ……! ご主人様ぁ……!」

「エリスのお尻の穴がヒクヒクしてるよ」

「らめぇ! そんなところ見ないでぇ!」

「エッチな動きをしてるから、どうしても見ちゃうよ」

「ご主人様のいじわるぅぅぅぅ!」

エリスがのけぞると、腰からお尻までのラインが美しくなるのでより興奮するのだ。

ドバドバと愛液を漏らしているし、エリスも感じているのがわかる。

「抉られてるぅ! ご主人様のおちんちんにっ!」

「気持ちいいから腰が止まらないよ」

「ふぁあああ! お腹がめくれちゃうのおぉ!」

それを聞いて、クライヴは思いっきり、エリスの腰を自らのほうに引き寄せた。

「んぉぉお!?」

あまりの衝撃にエリスが野太い声を出す。

「く、ほぉ……！　ご主人様、いきなり奥は……らめぇ……！」

「ごめんね、エリス」

「あ、ひぃ……軽くイっちゃったじゃないのっ！　ど、どうしてくれるのよ！」

「このまま一緒にイこうよ」

「へ？」

素っ頓狂な声を上げるエリスを無視して、クライヴはピストンを加速させていった。

パンパンパンパンパンパンパンパンパン！

リズミカルに尻を打ち付け、子宮を押していく。するとエリスはさらに大きく震えたのだった。

「奥……すごい……！　も、もう……あたし……！」

「くっ！　また締め付けて……！」

「もう限界だから、ご主人様……出して！」

「中に出していいの？」

「い、いいに決まってるでしょ！　ご主人様の子種がほしいのよっ！」

ここまで言われてしまったら、中出しをしないわけにはいかない。

クライヴはラストスパートをかけた。

「ああああっ！　激しいぃぃ!?」

「うう……そろそろイクからねっ！」

肉棒が快感により麻痺してきた。射精に向けて精液が込み上げっているのがわかる。

「ふぁああっ！　すごいの！　ご主人様のおちんちん！」

「エリスの中だって、すごいよ」

「も、もうらめ……！　本当にあたし……おかしくなっちゃいそう！」

「そろそろ？」

「う、うん！　あたし、そろそろイっちゃう！　イっちゃうのぉぉぉぉ！」

「僕も出すよ！」

射精寸前であるため全身に力が入ってしまい、ぐっと彼女の尻肉に指を埋めるのだった。

「イ、イクゥ！　あたし、イクぅぅ！」

「だ、出すよ……！」

「きてぇ……きてよ！　あたし、イクぅぅぅぅ！　イクイクイクイクイクイク……！」

そして、エリスは絶頂を迎えた。

「イックゥウウウウウウウウウウウ!!」

同時にクライヴも射精する。

「で、出る……うっ！」

貯めに貯めた精液が一気にエリスの中で放たれた。

ビュクビュクと何度も射精をして、特濃ザーメンを膣内に出していく。

エリスの子宮は瞬く間にクライヴの精液で満たされてしまった。

「あ、ああっ。あたし、中出しされてる……！」

「エリスの中……出すときゅうっと収縮して……本当に気持ちいいよ……！」

最後の一突きをして、すべての精液を出し切った。

「うう……あたし、もう……らめっ」

力抜けたエリスはその場に伏せってしまう。クライヴがペニスを引き抜くと、精液が溢れ出てきた。

ドクドクと糸を引きながら、シーツに滴り落ちるほどの量だ。

「ふぅ……気持ちよかった」

クライヴが汗を拭うと、

「あ……」

美少女ふたりは、ベッドの上で気絶していた。

（フィリスが静かだと思ったら……！）

どうやら先ほどのセックスで気を失ってしまい、意識がなかったらしい。

（激しくしすぎたかな……？）

みんな一緒にという願いはかなったけれど……。

そんなふうに、少しだけ反省をするクライヴだった。

DRAGON PROVIDENCE
ドラゴンプロヴィデンス

第八章

騎士への道

フィリスとエリスが仲良くなったことで、クライヴのパーティーは期待以上の躍進を続けていた。

もともと、三人というのは小規模パーティーには、バランスがいいのかもしれない。

愛情で結ばれたクライヴたちは、熟練の冒険者のような連携を生み出すことができたのだ。

そうしていくつかのダンジョンを攻略し、少しずつクライヴの名前が、剣士として広がってきたころだった。

「クライヴはいる？　大変なんだよっ！」

騎士団団長デュアリスの妹であるクリスが、三人のところに駆けつけてきたのだ。

あれからも、なにかと気に掛けてくれていたので、いつの間にか親しくなっていた。

でも、こんなふうに突然尋ねてくるのはただ事じゃなさそうだ。

「その様子だと、あまり嬉しいことじゃなさそうだね。僕のこととかかな？」

「お兄ちゃんの説得はうまくいってないの……。ごめんね」

「大丈夫だよ。僕は僕なりのやり方で頑張ってるから。それで今はどうしたの？」

「う、うん。実は今日は、クライヴの入団のことじゃなくてね、近くのダンジョンで大型の魔物が暴れてるらしいのっ。それがけっこう、苦戦しそうで……」

「本当!?　大変なんじゃない？」

「騎士団も出てるけど、かなり厄介な敵らしくて。戦える者は応援に来てほしいって、お兄ちゃんが言ってたの」

「それで、僕たちのところに来たのか……」

「このままだと、街も危ないかもしれないよ！」

クライヴは考える。直接のご指名でなくても、デュアリスの求めへの参戦であれば……もしかするかもしれない。だから、答えはすぐに決まっていた。

「フィリス、エリス！　いいよね!?」

「もちろんだよ」

「当たり前でしょ！」

すっかり頼もしくなっているふたりに、今こそ頼ろうと思う。

決断した三人は、戦場へと出かけて行ったのだった。

◆

「その魔物はどこですか!?」

クライヴがダンジョン内に駆けつけるとちょうど、まだまだ慌てているらしいひとりの騎士がいた。

これまでとくらべても、随分と暗い。まるで、洞窟そのままのような荒い造りだ。エリスが照らす魔法がなければ、迷いそうだった。

「おお……！　君たちも手を貸してくれるのか！」

「はい！　でも、状況の説明をお願いします」

「油断もあったのだが、斥候では把握できなかった相手が複数いてな。派遣された騎士団が手分けして戦っているんだ。だから、戦力が分断されてしまって、うまく応戦することができていない。危険な状況になりつつある……」

そこで、騎士はやや値踏みするような視線を、クライヴに送ってきた。

「なるほど、わかりました」

それでも、最近の冒険で自信をつけはじめていたクライヴは、気にせずにむしろ胸を張る。

今日こそ本当に、自分が戦えるのだということを示すときなのだ。

その態度になにかを感じてくれたのだろうか。騎士はクライヴに、指示を出そうとする。

「とりあえずお前たちは……」

だが、そこまで言ったところで、奥のほうから切迫したような叫び声が聞こえてきた。

「まずいな！　もう一体、かなりの大物が出てきたようだぞ！」

「僕たちが行きます……！」

クライヴは騎士の返事も待たずに、声のほうへと走り出していた。


しばらく奥へ行くと、そこに居たのは、通路いっぱいに届きそうなほど大きな、トカゲのような魔物だった。獰猛な目つきをしていて、牙も鋭い。長いしっぽを二本持っていることも特徴的だ。

そのどれもが、クライヴに安々と致命の一撃を繰り出すことだろう。

一見して強敵であることがわかる。

クライヴは自らが手掛けた武具をしっかりと意識することで、なんとか平静を保とうとする。

後ろでフィリスが息を呑むのがわかる。自分が心を乱せば、とても盾にはなれないだろう。

「騎士さん、大丈夫ですか!?」

「まだ増援がいたのか……！　ありがてえ！」

「ここで僕たちが食い止めますから！　怪我もしているみたいですし、一度後ろに戻って下さい」

「だが……」

「大丈夫です。僕たち、そこそこ強いですから！」

虚勢を張り、笑みを浮かべて見せるクライヴ。それは自分のためでもあった。

騎士にもクライヴのそんな決意がわかったのか、大きく頷いた。男として、認めてくれたのだ。

「了解した。だが、すぐに仲間を連れて戻って来るからな！　無理はするなよ！」

「はい、お願いします」

騎士はそんな約束を果たすため、もう迷うことなく駆けて行った。

「さあ、ふたりとも準備はいい？」

「私は……大丈夫。エリスちゃんは？」

「あたしもいいわ！」

どうやら戦闘体勢は整っているらしい。細い身体を震わせるようにして、ふたりは背筋を一度伸ばしてから、さっと体勢を整える。

クライヴはその様子に、いつもどおりの信頼を感じて、敵へと駆け出した。

「とりゃあああっ！」

巨大な魔物へと、怯むことなくクライヴは斬りかかる。

(これくらい、いつまでだって何度も……!)

いろいろな場所で冒険もしてきたし、人間でない相手との戦闘経験は少しずつ積み重なってきたと思う。トカゲ型の相手は、重心や動きが掴めないうえ、どうしても急所が剣の範囲から遠い。だから、あまり得意ではなかった。

それでも今、クライヴに恐怖はない。経験と仲間への信頼が、迷いのない剣を振るわせてくれる。

そう、仲間がいるからだ。

「私があいつの気をそらすから!」

フィリスの舞いが、敵の注意を逸らしていた。複眼のような奇妙な部位の視線も、戸惑い始めているのがわかる。

その隙をついて、クライヴが太い脚への斬撃を繰り返していく。蜘蛛タイプの敵に比べれば、足止めはまだまだ、やりやすいほうだ。

「このまま押し切ることができれば……時間ぐらいは」

「ガアアアア!」

魔物も、すでにけっこうなダメージを受けているようだった。意外にも、魔物の体表はそれほど硬くはない。自慢の愛剣は、よく働いてくれている。

しかし、

「グオオオオオオッ!」

ひときわ高く咆哮したかと思うと、魔物が口を大きく開けた。

そして、その口内から強い光があふれ出し始める。

（まずい、これは……！）

クライヴが思った瞬間、目の前に爆炎が現れた。

吐き出された炎の渦が、そのままクライヴへと襲いかかる。

（くっ……！　ブレスだけなら、なんとか装備の力で）

回避は間に合わなかった。クライヴが、受け止めるべく決死の覚悟を決めていると、

「ご主人様！」

エリスがいつのまにか前に現れ、炎から守ってくれていた。彼女が唱えた魔法により、クライヴたちの周りを光が包み込む。熱波は感じるが、火傷を負うことはなさそうだ。

「助かったよ、エリス」

「うん、間に合ってよかった、ご主人様」

「だけど、クライヴ。このままだとどうすれば……」

フィリスは、弱い幻惑以上には踊りが通じず、アイテムサポートに徹しはじめている。

「そうだね」

クライヴは考えていた。

（敵は大型で、パワーがある。僕の剣も効いてはいるけど、倒しきれるほどに通用するわけじゃないだろう）

だが、経験が背中を押してくれた。

こんなときこそ、三人の連携が力を発揮する場面だ。そして、それこそが今のクライヴの力なのだ。

「ふたりの協力が必要だ。力を貸してくれるね？」

「もちろん！　で、私はどうすればいいの？」

「フィリスはまた、敵の視線を誘導する踊りを続けてほしい」

「わかった」

「あたしは？　ご主人様！」

「エリスは可能な限り強力な魔法を、唱えて準備してほしい。その詠唱時間は、僕たちがなんとかするから」

つまりクライヴは、囮になるということだ。

成功するかどうかはわからないが、やってみる価値はある。少なくとも、騎士団が苦戦するような相手に、瞬殺ということはなかった。クライヴには、もうそれだけの実力があるのだ。

ならば、自分を信じれば良い。

「クライヴ、私はどっちに誘導すればいい？」

訊かれてさっと辺りを見渡すと、どこからか水の流れる音が聞こえてきた。

（もしかして……！）

クライヴが音のほうを向くと、地下に川が流れていた。このダンジョンは、天然の造りが冒険者の障害になっているらしい。これも、おそらく山の水がそのまま流れてきているのだろう。

「ふたりとも、あそこで待っているんだ」

フィリスとエリスは頷くと、指示した位置へ移動した。こんなときいつも、ふたりは機敏に動いてくれる。

「さて……」

だが敵は、いつまでも待ってはくれないだろう。脚へのダメージが無くなれば、すぐにでも襲いかかってくるに違いない。

クライヴはあと一歩の距離で、敵の前に躍り出た。

「さあ、僕が相手だ！」

「ガアアアア！」

魔物は二つのしっぽを器用に使いながら、クライヴへ新たな攻撃を仕掛けていた。

立ち位置が変わったことで、お互いの手の内も変化する。

クライヴは激しい攻撃を受け流しながら、フィリスの踊りが効果を発揮するだろう位置まで、ゆっくりと下がって行く。

「フィリス、今だ！」

クライヴの掛け声と同時、フィリスが舞い踊る。ゆっくりと、激しく、魔物の意識を集め、自分の動きへと集中させていく。

技巧こそ違っても、それは舞台のときと変わらないんだと、フィリスは話してくれた。

そうすれば、敵は面白いように彼女のほうへと向かうのだった。

（よし……このまま……！）

敵を誘導した先に待っていたのは、

「残念ね。ここはあたしがいるのよ！」

エリスの周りには魔法陣が出来上がっていた。クライヴの望みどおりに、仕掛け終えてくれたのだ。

そして、

「黒焦げになりなさぁぁぁいっ！」

巨大な光球が魔物を包み込んだのだった。

「ガアアアア！」

苦しそうにうめく魔物。きっと、こんな暗いダンジョンでは、ここまでの光をその大きな目に映すことはなかったのだろう。

身体を、そして眼球の奥、網膜も視神経さえも焼かれ、苦しげに呻く。

不安定な足取りのまま、魔物は激しく身もだえながら、川のほうへと進んで行く。

（流れも速いし、意図した結果には十分だと思うけど……）

魔法の光は、強い炎からくるものでもあった。だから、今すぐ水の中に入れば死にはしないだろう。

クライヴは戦いの中で、なぜか魔物を殺さずに倒す方法を考えていた。

（できるなら、殺したくないんだよね……）

エリスとのことがあったからだろうか。そんなことを考えるのだ。

そのとき、派手な水音を立てて、ついに魔物が川へと落ちて行った。予想以上に深い。ただの地

下水脈というより、やはり川といったほうがいいのだろう。

急な流れに逆らうことができず、暴れている。ゆっくりと沈み始め……魔物はそのまま流されていくことだろう。

「やった！　あたしたちの勝利ね！」

「よかったね、エリスちゃん」

クライヴも安堵のため息をつく。こういった勝ち方も、それはそれでいいはずだ。

だからこそ、クライヴたちのパーティーは、短期間に実力以上の実績を上げつつあるのだし。

でも、無意識に気を緩めていたのは失敗だった。

ふいに、川の底から魔物のしっぽが現れたのだ。二本の尾は、フィリスとエリスの足首を、それぞれに掴む。まだこんな力があったなんて！

「きゃ!?」

「ど、どういうこと!?」

おそらく魔物が、最後の力を振り絞ったのだろう。尾は、伸ばすことが出来たのだ！

足首を掴まれてしまったふたりは、川の中へ引きずり込まれていった。

「フィリスぅぅ！　エリスぅぅぅ！」

クライヴは慌てて鎧を外し、水中へと飛び込む。剣も捨て、予備の短刀に持ち替えた。

重量はないが、鋭さはこちらのほうが上だ。

どうしてもロングソードに憧れがちだったクライヴが、冒険用にと考えた最新作でもある。

（見失ったらダメだ！　絶対にふたりを助けだすんだっ！）

剣をなんとか使い、ふたりに当たらないよう注意しながら、水中に蠢く長い尾を切断した。

（まずはこれで……！）

川の流れが早く、周りもよく見えないが、手探りでふたりを探していく。

（どこに……どこに……いるんだ）

時間がないはずだ。焦るばかりで、身体がとても重い。

すると、水の中で小さな光が見えた。

（これは……）

エリスが魔法で、位置を教えてくれているのだ。クライヴはそう確信した。

光の数は二つ。

フィリスとエリスのものだ。

クライヴはそちらに向け、手を思いっきり差し伸ばした。

◆

「まったく、どこへ行ったんですのっ！」

クライヴたちを探しているルピーだが、日はすっかり落ちてしまっている。

なぜ、クライヴたちがコスモスの力を持っていたのだろうか。

それが気になり、ルピーはずっとふたりの周囲を調べていた。ついて回るよりも、クライヴ自身ではないところに、答えがあるような気がしたのだ。

そうするうちにも彼らはどんどん活躍していって、今日もまた、いつの間にか危険なダンジョンへ行ってしまったらしいのだ。

クライヴがなんなのかは、まだルピーにもわからない。でも、勝手に死なれては困るのだ。

だからこうして探しにも来たし、心配もする。

クライヴたちのあの力へと意識を向けていると、だんだんと近づいているのがルピーにはわかった。

「でも、聞いたダンジョンからは遠いですの。どうして、こんなところにいるのです？」

ルピーが考えていると、

「あ！」

ずぶぬれになった三人が、川辺で倒れていたのだ。

「起きるのですわ！」

ビシビシと叩き、容赦なく三人を起こしていく。

だが、すぐには起きないようだった。思ったより、重傷なのだろうか。

「きゃあああ！　も、もしかして死んで……」

なんてルピーが思っていると、

「う、うるさいわねぇ……！」

まず最初に、エリスが起き上がったのだった。

「無事だったんですのね」

「当たり前でしょ！　あたしを誰だと思っているのよ！」

「そうですわね。腐っても、アルカナですもんね。さあ、だったらご主人様も起こすのですわ」

「くっ……、わかってるって」

　エリスはルピーの態度にいらつきながらも、心配がのほうが勝って、クライヴとフィリスを起こそうとした。だが、すぐに異変に気がついた。

「ちょ、ちょっと……すごく熱くなってるんだけど!?」

　体中が冷えているはずなのに、高熱で顔が真っ赤だった。

「これだけ濡れてるのだから、熱が出たのかもしれませんわね」

「ど、どうすればいい!?　人間はこういうとき、どうするの？」

「医者に見せるのに決まってるでしょ！」

「わかったわ」

「ですけど、こんな遅くに開いている医者なんて、いるのです？　ただでさえ、昼間の騒ぎで騎士たちが怪我をして、医者は大忙しだったようですわよ」

　言われてみれば、そうかもしれない。

　どうするのがよいか。エリスはクライヴならどうするかと、考えてみる。

「あ！」

　だからだろうか。エリスはあることを思い出していた。

確か、クライヴとデートしたときだった。

幼い頃、今と同じように熱を出してしまい、医者に見てもらったのだと話してくれた。

もしかすると、その医者なら診てくれるかもしれない。

「心当たりがあるわ！　ちょうど街外れだし、さあ、ルピー……ふたりを運ぶのを手伝って」

「手伝ってって……私、妖精ですわ！」

もちろん、ルピーは頼りにならなかった。

エリスは魔法の力もかりて、なんとかクライヴとフィリスを医者のところへ連れて行ったのだった。

◆

「こんな遅くになんだ？」

医者の屋敷を訪れると、中からはめんどくさそうに、ひとりの女性が出てきた。

金色の髪をしていて、胸元の開いた白衣を着ている。医者というよりかは、研究者だとでも言われたほうが見た目の雰囲気に合うかもしれない。

「クライヴとフィリスが、熱が出ちゃったから助けて！」

クライヴ以外と面と向かって話すなんて、珍しいことだ。たどたどしくもエリスが説明をすると、女はため息をついた。

「熱なんて寝てればすぐ治るよ。私は研究で忙しいんだ」

「だけど……！」

人間は弱い生き物だ。エリスはそれを、冒険の間もずっと感じていた。逞しくなったクライヴでさえ、まだまだ心配なのだ。

「ん？　クライヴ……だって？」

エリスが食い下がると、女が何気なくクライヴとフィリスの顔を見た。

「ちょっと待て……こいつら」

そこから少し間が空いたけれど、やや悩んだ末に、女は部屋の奥へと招き入れてくれた。

「入りな。散らかっているが、そこは気にするなよ」

言われるままついて行き、奥へと向かうエリスとルピー。

「なんかここ、怪しい雰囲気ですの」

「あたしも……ここ……というか、あの人が怖く感じるわ。前も、この家に感じたことがある」

「ですけど、頼れるのはここしかないですものね」

「うん、今はね」

ふたりが進むと、すでに女が座って待っていた。

「症状自体は、ただの冷えからくる発熱だ。解熱しながら、栄養剤でも打てばすぐによくなる」

「少しいいですの？」

女が注射を打とうとしたところで、ルピーが話しかけてきた。

「気にはなっていたが、妖精……か。ほんとに、いるんだな」

「……あなたから、不思議な感じがしますの」

「……ほう。どんな感じだ？」

「コスモス様の力ですわ」

「……」

驚くでも、質問するでもなく、女は黙ってしまった。

黙りながらも治療は続けている。その表情には、とくになにも現れてはいない。

それでも。

「……お前の目をごまかすことは、できそうにないな」

しばらくして、女が口を開いた。

「どういうことですの？」

「妖精にこの家を物色されても困るから説明するが、私はコスモスの力について研究をしている」

「ええっ!?」

驚きの声をあげるルピー。

「研究自体はもうずいぶんと長くて、その一環として、人間にコスモスの力を授けることができないかを考えていたんだ」

「ま、まさか……」

「そう、そこに寝ている少年と少女だ。彼らが小さい頃に、私が治療をしたことがある。そのときに、擬似コスモスの力を注射により与えたのだ」

「だから、あのふたりからコスモス様の力を感じることができたのですね」

「だとすれば、私の実験は成功……したのか？　当時はね……理由も予想としてはあるんだが、すぐには確認できなかったんだよ」

女がそう漏らすと、エリスが、

「ちょっと待ちなさいよ！」

口を挟んできた。

「実験って何!?　あんた、ご主人様たちの許可も取らずに、何を実験をしていたの!?」

「……お前は、アルカナだな」

女はぎろりと睨みつけながら、言葉を返した。

そして、宣言するように言葉を繋げる。

「私は神、悪魔、幻獣問わず、アルカナおよびゾディアックを、心の底から嫌悪している」

「な、なんで……そんな？」

「私の大事なひとり息子が、ゾディアックに殺されたからだよ！」

先ほどまで大人しそうにしていたのに、女は急に激昂した。感情を現さなかったそれまでと違う、その激しい起伏から、いかに怒りを露わにしているのかがわかる。

（あたしが感じた嫌な感情って、これだったんだ……）

エリスがこの家の前を通ったときに、黒いオーラみたいなものを感じたのだ。

強い想い、憎しみ、研究への執着。

きっとこの女性から、そんな心が発せられていたものだろう。

「アルカナよ、私はお前は嫌いだが、今は患者を見る医者だ。これ以上何も聞かないなら、お前の存在は忘れてやる」

エリス自身はもう、誰かに危害を加えたりはしない。だがここで反論をして、クライヴたちが危険になってしまったらまずい。

だからエリスは黙っていた。

「妖精、このふたりからまだ、コスモスの力を感じるのか？」

「今は……もう」

「何時頃から、このふたりが力を持っていると感じた？」

「つい最近ですわ」

「なるほど。覚醒してから能力が消えるまで、あまり時間がないのか……」

ブツブツと呟く女。

「実験は失敗だな」

女はエリスのほうを見る。

「罪滅ぼしにはならないかもしれないが、今日の治療費はとらないでおく。治療も終わったから、あとは安静にしていろ。ふたりにも目覚めたらすぐ、説明してやる」

そう言って女は、エリスたちを帰そうとした。

エリスとルピーは、追い出されるように家の外に出ようとする。

「もう二度と、こんなところへ来るなよ」

そう言って扉を閉めようとしたので、エリスは、

「あ、あんたの名前は？」

そう尋ねると女は、

「私は――ラスティ。じゃあな」

バタン、と扉が閉められたのだった。

◆

数日後。元気になったクライヴとフィリスに、エリスが事情を説明した。

「そっか。コスモスの力は消えちゃったんだね。あれがあると、戦闘でも有利になるかなって思ってたんだけど」

「コスモス様の力は、そんなに安売りはできないんですの！」

「でも、ご主人様たちが元気になってくれてよかったよ」

「ありがとうね、エリスちゃん」

「ううん、みんなで力を合わせたからだよ。この後も大事なことが控えているしね」

今日はクライヴが、もう一度騎士団に挑戦するための、試験日だった。

これまでの功績を認められ、どうにかデュアリスが試験を受けさせてくれることになったのだ。

もちろん、あの日の活躍がものをいっている。地下で出会った騎士が、口添えしてくれたのだ。

「よし、そろそろ行こうか」

クライヴたちは試験会場に向かった。


そしてついに、ここまで来た。試験会場にいたのは、意外にも団長のデュアリスのみだ。

「待ってたぞ」

「ま、まさか団長が、試験監督になるんですか？」

「ふん。他の者は忙しくてな。俺もわざわざ、時間を作ってやったんだよ」

「まったく、お兄ちゃんったら……」

すっとクリスが後ろから出てきた。

「素直に功績を認めたから、試験する気になったって言えばいいのに」

「クリス、余計なことは言うな！」

いつもどおりのやり取り。クライヴはますます、騎士団が好きになっていた。

そんなわけで、ついに試験が始まる。

「さあ、お前の力を見せてみろ！」

「はいっ！」

クライヴは夢に向かって、最後の一歩を踏み出していった。

◆

「ふぅ。これで、大丈夫だったかな？」

なんとか試験自体は終わった。試験とはいっても筆記はなく、団長と剣を交えただけだった。

結局、一撃も浴びせることはできなかったが、

「ふん……まあまあだな」

そう言ってもらえた。また後ろでクリスが笑っていたので、それほど悪い結果ではないと思うけど。

それだけで、あっけなく試験は終わってしまったのだ。それが逆に、不安を煽る。

（終わったことを心配しても、仕方がないな）

返事は後日。そう言われてしまったので、結果が出るまでもう少し待ってみようと考えていた。

部屋に戻った途端、フィリスとエリスがクライヴに近づいてくる。

「ねえ、クライヴ」

「さあ、ご主人様」

「「こっちに来て」」

ふたりに導かれたクライヴは、ベッドの上に寝そべるのだった。

「さ、クライヴ……私たちが気持ちよくしてあげるからね」

「あたしたちに任せてよね、ご主人様」

そう言ったふたりは、クライヴの近くに寄ってきたのだった。

すると、フィリスがクライヴにキスをしてきた。

「クライヴ……！」

彼女の柔らかい唇が触れ、ふたりは口づけを交わしていく。

フィリスは舌を出してきて、クライヴの唇を濡らし始めたのだった。

（うう……こんなエッチなキス……）

くすぐったいような、心地いいような感触がクライヴに襲いかかる。

全身に軽い電流が走ったみたいに、ビクビクと震え始めてしまった。

「クライヴ、大好きだよ」

唇を舐めていた舌先が、クライヴの口内へと侵入していく。

舌で唇をこじ開け、口の中を攪拌してくるのだった。

上下左右に小刻みに動かしながら、フィリスのディープキスが始まる。

まるでヨダレを吸い取るかのように、いやらしい水音が鳴り響いていた。

「んちゅ……んちゅるる……クライヴぅ……！」

「フィリス……！」

幼なじみはクライヴの顔をしっかりと持って、自らのほうへ引き寄せてくる。

鼻と鼻が密着するくらい接近しながら、エッチな口づけを繰り返していたのだった。

（こんなに激しくされたら……）

さすがにクライヴのほうも、いつもどおり我慢できなくなってしまう。

股間へ血液が集まっていくのがわかっていた。

(フィリス……エッチだ……)

勃起しないように頑張っても、身体の反応は素直である。

どんどん股間が盛り上げっていくのがわかった。

「ご主人様、おちんちんが大きくなってきたよ」

クライヴのその反応にまず気がついたのは、エリスだった。

彼女は股間のところにいるので、すぐにわかったのだ。

「まったく、本当にエッチね」

そう言いながら、ズボンの上から肉棒を撫でてくる。直に触られていないとはいえ、さすがに気持ちいい。

クライヴの肉棒は、喜びでビクビクと動いていた。

「ご主人様のおちんちんは、いつも本当にすごいんだから」

エリスはくすくすと笑っていた。そして——。

「あたしがズボンを降ろしてあげるわ！」

ぼろんと、ペニスが露出した。

ますますいきり立ち、ブルンと大きく反り上がったペニスが空気に触れ、さらに膨張していく。

「さ、さすがね。ご主人様のおちんちんは……」

予想以上だったのか、エリスがため息まじりに言葉を漏らしている。

「こんなに血管が浮き上がって、本当に凶暴だわ」

ツンツンと指先で触られてしまうと、もっと硬くなってしまう。

クライヴの肉棒からは我慢汁が漏れだし、包皮がズル剥けになっていた。

(ふたりとも……積極的だなぁ……)

エリスに肉棒を露出されてしまった間も、フィリスの口づけは続いていく。

彼女とキスをしているだけでも、良い匂いでクラクラして、射精してしまいそうである。

「ご主人様、お姉ちゃんのキスだけでイっちゃダメなんだから」

「な、なんで……？」

「ご主人様のおちんちんが、入りたいって言ってるんだもん！　それくらいわかるんだからねっ」

「……よくわかるね」

「今まで何回も、ご主人様のおちんちんを見てるからね」

「そ、そっか……」

恥ずかしいような嬉しいような、複雑な気分である。

「それに、ご主人様の好きなこともいっぱい知ってるんだから……」

「……え？」

クライヴがとぼけた声を上げると、エリスはにやりと笑った。

舌なめずりをして、そのまま彼の肉棒を咥えてしまったのだ。

「はもっ！」

「うおっ!?」

急にねっとりした感触がペニスに伝わってきて、クライヴの腰も跳ねてしまった。

生暖かく、ヌルヌルとした感触で肉棒が愛撫されてしまっている。

「んぶ……じゅぼぼ、じゅばばばっ！」

「エリス……！」

彼女はわかっているのか、大きな水音を立ててくるのだ。エリスのような可愛らしい女の子が、こんなに卑猥な音を出してくるということに興奮を覚えてしまう。

「じゅぼ……じゅぼ！　ご主人様、どう？」

「き、気持ちいいよ……」

「もっと頑張ってあげるからねっ」

「い、いや……これ以上は」

「そんなに遠慮しないでいいからっ」

「え、遠慮じゃないって……！」

美少女のキスとフェラで、同時に攻められてしまっているのだ。

いつ発射してもおかしくない。

そんな状況であるため、クライヴも奥歯を噛みしめて必死に我慢をしていく。

「じゅぼ……ぼぼっ！」

「くぅ!?」

「ご主人様の反応が面白ーい！」

「うう……エリス……！」

彼女は唇でカリ首のところをしっかりとロックして、そのまま顔を持ち上げていくのだ。まるでペニスを引っこ抜かれるような感覚であるが、唇の柔らかさと強烈な吸い込みが、とにかく気持ちいい。カリ首や裏筋を重点的に攻められてしまうと、一気に射精したくなってしまうのだ。

「じゅぼぼ……じゅぶぶぶ……！　ご主人様、もっと感じてね」

「これ以上、気持ちよくなっちゃったら、出ちゃうから」

「じゃあ、出してもいいよっ。なんで、我慢するの？」

本当にエリスは、いじわるだと思う。

自分のことを「ご主人様」と呼ぶくせに、まったく主人の言うことを聞かないんだから。

（まあ、エリスは可愛いから……）

エリスの見た目やスタイルのよさから、どうしても強く言うことはできない。

クライヴは内心で、自分の弱さにため息を漏らしていた。

（やっぱり僕も男だね……）

そんなエリスの奉仕が気になるのか、フィリスのほうも気合を入れてきた。

「クライヴ……私もいるんだからねっ！」

「わ、忘れてないって！」

「いっぱい、気持ちよくしてあげるんだから」

フィリスは口を大きく開けると、舌先で歯茎や上顎を舐め回してきた。

激しい動きで口内をかき回されてしまうと、クライヴも震えてしまう。

上顎はどうしても敏感な部分であるため、ビクビクと反応してしまうのだった。

「ふふ、クライヴが感じてくれてる」

「フィ、フィリス……」

クライヴが気持ちよくなっていることがわかっているのか、フィリスはさらにディープなキスをしてきた。

口内と肉棒をふたりの美少女に攻められてしまい、クライヴのほうも辛くなってきた。

(も、もうダメ……!)

クライヴが諦めかけていると、

「クライヴ、我慢しないで出していいよ」

「そうだよ、ご主人様。さっさとピュッピュって出してよ」

「え……?」

と美少女ふたりが言ってきたのだ。

「ど、どうして……?」

「私、クライヴの考えていることわかるよ。クライヴは、ここでイっちゃったらどうしようって思ってるんでしょ?」

「ご主人様ったら、この後のことも考えているんだから、いやらしいよね」

「ふたりとも……」

「だけど、安心して」

「もしイっちゃっても、あたしたちがすぐに大きくしてあげるから」

「い、いいの？」

「クライヴが気持ちよくなってくれることが、今日の私たちの願いだから」

「そういうこと」

そして、エリスは頬を窄めて、強烈なバキュームをした。

「じゅううううううっ！」

ペニスが根本まで口の中に入ってしまい、亀頭は喉奥まで届いている。喉のところできゅうきゅうと締め付けられながら、吸引されてしまうとさすがに限界がきてしまった。

「も、もう……ダメ！　だ、出すよ！」

「ご主人様、いっぱいらしてぇ！　あたしのお口に射精してほしいのっ！」

「が、我慢が……でき、ない……！」

「きてきて！　じゅるるるるるっ！」

「うあああああっ！」

ビュクビュクビュク……！

耐え切れなくなったクライヴは、一気に射精をしてしまった。

溜めに溜めた濃い精液がエリスの中に注がれていく。

「んんぅう!?」

口内で射精されてしまい、自分で言っておきながら驚くエリス。

目を見開いて、苦しい表情を浮かべていた。

だが、クライヴの射精は止まることがない。ドクドクとさらに精液が発射された。

「んぐ……ご主人様、さすがの量ね……」

頬をがパンパンに膨らみ、口の端から白い液が溢れている。

エリスは上を向くと、精液を飲み始めてしまった。

「ごく……んぐ……ごくっ」

喉を鳴らし、少しづつ嚥下していく。

その様子を見ていたフィリスは、どこか羨ましそうである。

「エリスちゃん、いいなぁ」

「ごく……ごく……。量もすごいし……こってりしてる、わ……」

「私もほしいっ!」

フィリスがエリスに飛びつく。

「わわっ!?」

そして、エリスにキスをしたのだった。

「お、お姉ちゃん……!? んんぅ!?」

先ほどまでクライヴにしていたみたいに、フィリスはエリスへディープキスをする。

「私も飲みたいの、エリスちゃん！」

「や、やぁ……！　お姉ちゃんの舌が……んんっ！」

くちゃくちゃと音を立てながら、美少女ふたりが自分の精液を分け合っている。

そんな光景を見ていると、射精したばかりだというのに、すぐに硬さを取り戻してきそうだった。

「ふふ、クライヴの精液……おいしいっ」

「ぶぅ。あたしが全部飲みたかったのにっ！」

「クライヴはふたりのものでしょ？」

「……お姉ちゃんが言うなら従うけどさ」

ふたりの中では、どうやら納得したようである。

「ねえねえ、お姉ちゃん。クライヴのおちんちん、見て」

「あ、本当だ」

クライヴのペニスが、少しずつ硬さを取り戻してきたことに気がついたようだ。

「本当にクライヴはエッチなんだから」

「あたしたちがキスしてるのに興奮しちゃったの？」

「しょ、しょうがないだろう」

顔が赤くなるクライヴ。

「こんなに可愛い女の子がキスをしてるんだもん。興奮しないわけないよ」

「ふふ、クライヴは素直でいいね」

「そこがご主人様のいいところだからね」

「じゃあ、エリスちゃん。今度は、ふたりでクライヴのおちんちんを気持ちよくしようか？」

「いいアイデアだね！」

笑顔を浮かべたふたりは、クライヴの股間に近づいてきた。

ふたりは腰をかがめると、ゆっくりと胸を寄せていった。

「クライヴ」

「ご主人様」

「おっぱいで気持ちよくしてあげるねっ」

ふたりは胸でクライヴの肉棒を挟んだのだった。

フィリスとエリス。四つのおっぱいに挟まれてしまい、クライヴのペニスが完全に勃起する。

「クライヴのおちんちんは大きいから……」

「あたしたちのおっぱいじゃ、うまく挟めないかも……」

「これだけでも、かなり気持ちいいよ」

「んん……一生懸命に動かすからね」

「あたしも……」

ふたりは巨乳を上下に動かし始めた。少し汗をかいているのかヌルヌルしていて、よく滑る。

巨乳のふたりであるため、寄せ合うと乳がいやらしい形にひしゃげるのだ。

形がいいのに、こういうときにはさらに卑猥になる、素晴らしいおっぱいである。

「あん……おっぱいで挟んでるだけなのに……」

「あたしたちも感じちゃうっ！」

「ふたりとも乳首が大きくなっているね」

「やんっ。クライヴったらどこを見てるの？」

「ご主人様のスケベ」

「エッチな身体をしているふたりがいけないんだよ。乳首も勃起しているみたいだし」

フィリスとエリスの乳首が、これでもかというほど主張しているのがわかった。

硬く、立ち上がり、ブルブルと震えているのがわかる。

「せっかくだから、その乳首も使ってよ」

「乳首を使う……の？」

「ご主人様って変態だよね」

「……僕の言うこと聞けるよね？」

「うん、いいよ」

「あたしたちはご主人様のお嫁さんなんだからっ！」

勃起した乳首を、カリ首のところに密着させてきた。そのまま、乳首で亀頭を愛撫していく。

「う……いいね。乳首が硬いから気持ちいいよ」

「私も……あんんっ、感じちゃう」

「な、何これ!?　乳首をこすりつけるだけで、おかしくなっちゃいそう……！」

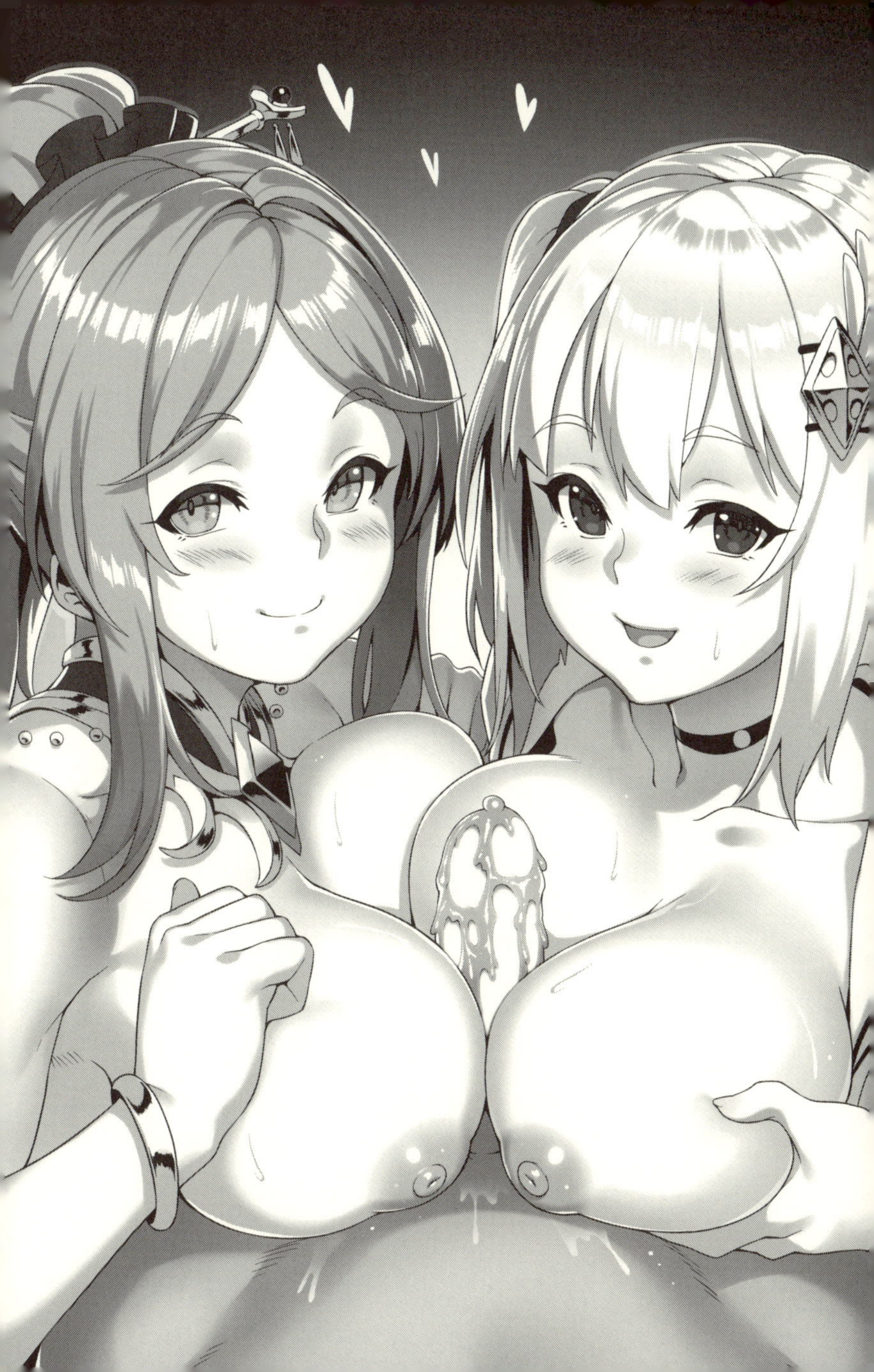

「ほらほら、おっぱいもしっかり動かしてさ」

「クライヴったら……」

「ご主人様のために……はぁ……頑張るわ」

乳首だけで感じてしまっているため、さらに胸を動かすというのは大変らしい。

それでもフィリスとエリスは、クライヴのために頑張っていた。むにゅむにゅとひしゃげた乳を密着させ、乳首でカリ首を刺激していく。硬さと柔らかさが同時に肉棒を愛撫していた。

(まったくふたりは……)

ここまで自分のことを思って行動してくれるというのは、本当に嬉しいことだ。

これからずっと三人で歩むことになるのだろうが、絶対にふたりを守っていこうと考えていた。

(僕はふたりのことが大好きなんだ……!)

フィリスとは幼なじみであるが、エリスとはまだ日が浅い。それでも、ふたりのことを分け隔てなく愛していた。

「あんぅ……クライヴ!」

「ご主人様のおちんちん、大きい……!」

「そうかな?」

「クライヴのおちんちんって、大きくて硬いからすごいよね」

「本当！　こんなものがあたしの身体に入ってくるなんて、びっくりだわ！」

「ふたりが気持ちよくしてくれるから、ここまで大きくなっちゃうんだよ」

「クライヴ、私のおっぱいは気持ちいい？」

「うん」

「あたしはどう？」

「エリスのおっぱいもいいね」

美少女ふたりが胸で奉仕してくれるなんて、最高だ。

(僕は世界で一番の幸せものだな……)

そう思っても間違いじゃないだろう。

「はぁはぁ……乳首が当たるから……感じちゃうっ」

「あたしも……」

「ふたりともビンビンになってるからね」

「クライヴのおちんちんには勝てないって」

「スケベちんぽなんだからっ」

こういうふうにされていて、勃起しない男はいないだろう。

フィリスもエリスも感じているらしく、ブルブルと震えていた。

「ああんっ！」

興奮してきたのか、フィリスが胸を動かすスピードを上げていった。

「ちょ、ちょっと、お姉ちゃん!?」

「ご、ごめんね。私……気持ちよくて……！」

「そんなに動かしたらあたしまで……！」

ダブルパイズリをされてしまったら、女の子たちも気持ちよくなるのだろう。

ふたりとも頬を染めて、呼吸が荒くなっていた。

「はぁん、んん……！　クライヴのおちんちん……」

そういうフィリスは舌を出して、亀頭を舐め始めた。

「フィリス!?」

「私、今日はクライヴのおちんちんを舐めてないもんっ」

「だからって……！」

おっぱいでしごかれながら、フェラもされてしまったらまた射精してしまいそうである。

クライヴとフィリスの様子を見ていたエリスも、火がついてしまう。

「あたしも舐める……！」

「おわっ！」

フィリスとエリスが同時に亀頭を舐め回してくるのだ。

まるでふたりがディープキスをするようにして、挟まれたペニスが舐められてしまっている。

「れろれろ……れろれろ……。クライヴのおちんちん、好き」

「ちゅぱぱぱ。本当に硬くて……エッチだわ……」

愛おしそうにペニスを舐められてしまったら、さすがにクライヴも我慢できなくなる。

先ほど射精したばかりだというのに、精液がどんどん込み上がっていくのだ。

「んんっ!?　クライヴのおちんちんが大きく!?」

「もしかしてご主人様!?」

「ご、ごめんね。ふたりとも……」

尿道口から透明な汁が出ているのがわかる。

ふたりはそれすらも舐め取りながら、舌先を動かしていたのだった。

「クライヴ、私もそろそろ……」

「おっぱいでイっちゃいそう?」

「う、うん……!　おっぱいが気持ちよくて……」

「どうなりそう?」

「全身に電気が走っているみたいな気分なの」

フィリスにも余裕がなくなってきた。だが、それはエリスも同じだった。

「んんんぅぅぅ!?」

はっきりと口には出さないが、眉間にシワを寄せながら耐えているがわかる。

(僕も限界だし……)

クライヴは提案してみることにした。

「ぼ、僕も……ダメそうだから。三人で一緒に」

「三人一緒……。いいと思うよ!」

「あ、あたしも賛成だわ」

「じゃ、じゃぁ……」

限界であるクライヴがまず、先導するように腰を震わせた。

「僕、出すから……」

「いいよ、クライヴ。私ももう限界……！　ああああっ！」

「あたしも……イク……！」

「で、出るっ！　ううううっ！」

巨乳に挟まれながらクライヴは射精をした。大量の精液が飛び散っていき、ふたりの身体を白く染めていく。

「はぁはぁ……出ちゃった……」

「クライヴの精液、熱い」

「それに濃いし、さすがご、ご主人様だわ」

「ふ、ふぅ……」

短時間に二発も発射してしまい、クライヴもぐったりする。

だが、ふたりは満足している感じではなかった。

「クライヴ……私たちまだ入れてもらってないんだけど」

「そうよ。ちゃんとご主人様に種付けしてもらわないと」

いつの間にか、エッチの趣旨が変わってきている？　エリスまで、おかしな事を言い始めていた。

試験結果のことを一時忘れるように、ふたりとの夜は、今日もまだまだ続くらしかった。

DRAGON PROVIDENCE
ドラゴンプロヴィデンス

エピローグ
花嫁ハーレム

「で、でも……」

クライヴが戸惑っていると、フィリスが射精したばかりの肉棒を咥えてきた。

「ちゅぱぱ……ちゅるるる……お掃除してあげるね」

精液で汚れてしまった肉棒を綺麗にしていく。

まさにお掃除フェラだった。

（こ、こんなことされたら……僕は……）

すぐに硬さを取り戻していく、自分の性欲の強さに呆れてしまう。

いや、目の前にいるふたりの美少女が魅力的すぎるのだ。

こんなふたりを相手にしていたら、何度でも勃起することができる。

「ねえ、クライヴ……こっちに来てよ」

フィリスが仰向けの体勢で横になった。

「その前にエリスちゃんも……」

「え？　あたしも？」

「エリスちゃんもクライヴのおちんちんがほしいんでしょ？」

「う、うん」

「じゃあ、私の上に来て」

「わ、わかったわ」

そして、エリスはフィリスの上に覆いかぶさった。

フィリスは正常位の体勢で、エリスはバック。美少女ふたりはお互いに抱き合うようにしている。

(こ、こんな状況で……)

セックスができるというのがまるで夢みたいだ。

ふたりとも愛液が滴り落ちてきて、ぐちゅぐちゅになっているのがわかる。

先ほど射精したことが嘘のように、クライヴの肉棒が屹立していた。

「さあ、クライヴ……私たちとシよっ」

「いいんだね?」

生唾を飲んだクライヴは、ふたりに近づく。

そして、エリスの尻を掴んだのだった。

「ご主人様、いきなり!?」

「ごめんね、エリス。僕、我慢できないんだ」

「ふぇ?」

「いくよ」

クライヴは四つん這いになっているエリスに、たまらず挿入した。

入り口付近からすでに強烈な締め付けをしてくるが、堪えて一番深いところまで押し込んでいく。

「んふぁ!?」

「エリスの一番奥まで……入れることができたよ」

「はぁはぁ……ご主人様のおちんちん……硬い」

クライヴはすぐに、腰を振っていった。パンパンという乾いた音が部屋に鳴り響いていく。強弱をつけながらも、後ろからの抽送を何度も繰り返していった。

「ああんっ！　奥まできてるのぉぉ！」

「エリスのおまんこ、すごい締め付けてくるよ」

「ご主人様のおちんちんが大きいだけでしょ！」

クライヴとエリスが盛り上がっていると、

「私も入れてよ」

フィリスがエリスの乳首を吸ってきた。

「んんぅ！　お姉ちゃん、急にダメだよぉ」

「エリスちゃんの可愛い乳首があったから吸っちゃった」

「らめええっ！　おまんこと乳首を同時に攻められてるのぉぉぉ！」

「いっぱい感じさせてあげるからね、エリス」

「ふぁあああっ！」

エリスの嬌声が響いていく。クライヴはエリスの尻を鷲掴みにして、その柔らかさを堪能していた。

「エリスのお尻って本当にいいよね」

「お尻を揉まないでぇ！」

「なんで？」

「感じちゃうのっ！　そんな強く揉まれたら」

「フィリス、エリスは強く揉まれるのが好きみたいだよ？」

「了解、クライヴ。私もおっぱいを強く揉んであげるね」

「やぁぁぁぁぁぁぁぁぁ！」

フィリスの協力もあり、エリスの快感がどんどん高まっていく。

膣内が痙攣して、ヒダ壁が肉棒に絡みついてくるのだ。

早く精液がほしいのか、カリ首の辺りをやたらと刺激してくる。

（う……まずいな）

すでに二回射精しているのに、まだ出そうだ。

本当にいやらしいふたりを相手にしていると、一日で精液が空っぽになってしまいそうである。

（だけど、気持ちいいから……！）

腰の動きを止めることができない。クライヴは夢中になって腰を振り続けた。

「あああああっ！　奥ゥゥゥ！　奥に当たるのぉぉぉ！」

「エリス、感じてるみたいだね」

「やぁぁ！　も、もう無理っ！」

「何が？」

「あたし、イキそう！　イキそうなのぉぉぉ！」

「もうイっちゃうの？」

「も、もうって……どれだけあたしが我慢してると思っているのよ！」

確かに膣内の震えはどんどん激しくなっている。

「よくわからないけど、ご主人様のおちんちんが普段よりも大きいのよ」

「そうなんだ」

「まあ、いつも大きいんだけど、それ以上に太いから……あああああっ！」

「……だから？」

「や、やばいのっ！　あたし、おかしく……！」

「頭がバカになっちゃう？」

「なるわよ！　こんな太いおちんちんで何度も突かれたら！」

「エリスをもっとおかしくしてあげるね」

「らめえええええっ！」

子宮を抉るくらい激しく何度もノックをしていく。

その度にエリスは身体を大きく仰け反らせていたのだ。

「イ、イク……イっちゃぅぅぅ！」

「イキそう？」

「もう……無理っ。あたし、らめっ。イクのぉ！　ご主人様のおちんちんにイカされちゃうのぉぉぉ
おぉ！　あああっ、あああああっ！」

「エリス、もっとエッチな声を出して」

「イ、イク……イクイクイク！」

そしてエリスは、

「イックぅぅぅぅぅぅぅぅぅ!!」

大絶叫とともに絶頂を迎えた。

海老反りになったまま、顎を天に突き出していく。

あまりにも気持ちよかったのか、よだれを垂らしながら、ぐったりとしてしまった。

「あ、あたし……イっちゃった……」

「ふぅ、次はフィリスの番かな」

クライヴが言うと、フィリスは少し困惑したようだった。

「エ、エリスちゃんの反応を見ると、いつも以上にすごいみたいね」

「きっと、フィリスがおっぱいをいじめていたのも原因だよ」

「それでも今日のクライヴのおちんちんは、凶暴すぎるかもね」

「安心して、フィリス。すぐに入れてあげるから」

「わ、私……まだ心の準備が……ああっ!?」

フィリスの許可を得る前に、クライヴは挿入したのだった。

(う……しまった、もうイキそうだ)

エリスの中に入れているときから射精しそうだったので、フィリスの狭い膣に入れた途端、すぐにイキそうになってしまう。

肉棒に感じる微妙な体温の変化も、スイッチになってしまいそうだ。フォリスのお腹は、心地よい温かさだった。

だが、クライヴは我慢をして腰を振り始めた。

「やぁ、んっ！　くんぅ！　ふぁあっ！」

「フィリスのおまんこも、気持ちいい」

「ダメよ、クライヴ！　今日のおちんちんはおかしいっ！」

「どんなふうに？」

「硬いし、大きいし、ぜんぶ異常だよ！」

「だけど、僕は我慢することができないんだ」

ここまで盛り上げてくれたのは、彼女たちのおかげである。

感謝の気持ちを伝えるためにも、クライヴは懸命に腰を振り続けた。

「すごいの、クライヴの……！　私、壊れちゃう！」

「もっと狂っていいよ」

「あんぅ、んんっ！　あっ、あっ、あっ！　気持ちいいっ！」

「僕も気持ちいい……！」

「クライヴも、イキそう？　私で感じてる？　わ、私はも……ダメそう」

「じゃあ、一緒にイこう……！」

同意を得た射精に向けて、肉棒が大きくなっていくのがわかった。太くなって、膣を押し上げているみたいだ。

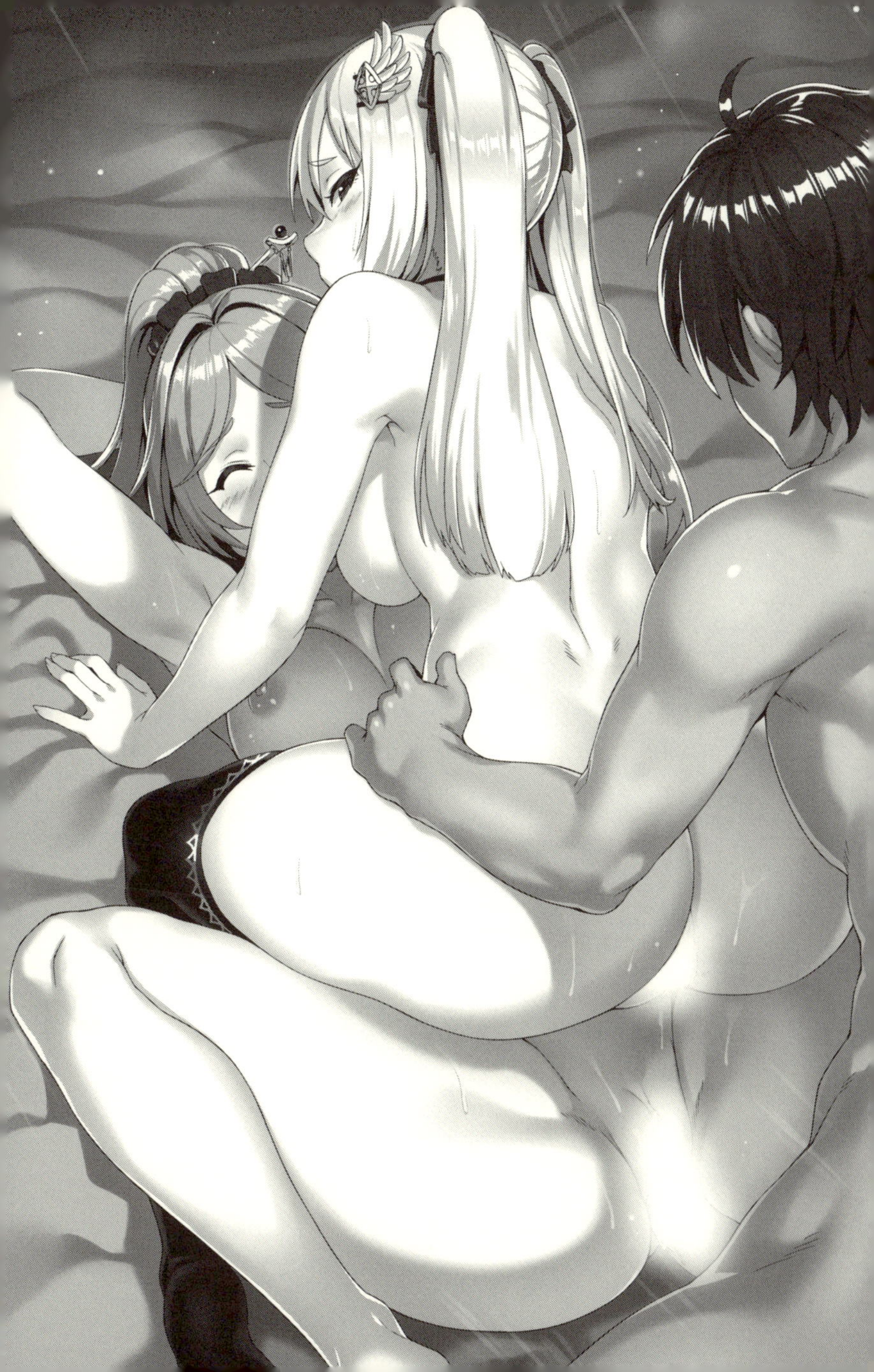

「クライヴのおちんちんが、もっと太く!?」

「ぼ、僕……そろそろ……ああ、だめだ」

「いいよ、出して！　私の中にたくさん射精して！」

「だ、出すよ」

「私も……そこ押されたら……い、イクゥゥゥゥゥ!!」

「で、出る……！　出ちゃう！」

「きてぇぇぇぇ！」

「うっ！」

ビュルルルルルルルルルルル!!

大量の精液が放たれた。あまりにも量が多いため、フィリスだけではなく、そのままだったエリスの身体も白く染めていく。

クライヴはふたりの身体に何度も射精していった。

「はぁはぁ……で、出ちゃった……！」

ようやく射精が終わったところで、クライヴは息を吐き出す。

短い間に、いろいろな奉仕を受け、ペニスが悲鳴を上げているみたいだった。

射精が終わり、肉棒がどんどん小さくなっていく。

「ふぅ……」

フィリスとエリスを見ると、ふたりともベッドの上でぐったりとしていた。

肩で呼吸をして、目が虚ろになっている。

「クライヴのおちんちん、最高……♪」

「ご主人様、もう……あたしは無理だからっ」

「僕も疲れちゃったよ」

クライヴもふたりを抱きしめるように倒れこんだのだった。

「ふふ、クライヴの身体……温かい」

「ご主人様が側に来てくれた……」

「僕……」

クライヴはこのところ考えていた、自分の決意を話した。

「ふたりのことを絶対に幸せにするからね。どちらかが一番ではなく、ふたりともが僕の一番……一番のお嫁さんなんだっ！」

「ク、クライヴ……それって？」

「ご主人様、あたしも？」

「僕、決めたよ。ふたりと結婚する。そして、幸せな家庭を築くんだ！」

どんな困難だって夢だって、ふたりとなら叶えられる。

クライヴは自信を持って、そう誓ったのだった。

◆

「合格だ、クライヴ」

後日、デュアリスの元へ行くとそれだけ言われた。

あまりにあっさりしているので、実感が伴わないクライヴであるが、フィリスとエリスは素直に喜んでくれた。

「やったぁぁ！　クライヴ、よかったね！」

「おめでとう、ご主人様！」

「う、うん。すごく嬉しいよ」

これで念願だった騎士になることができたのだ。

ここまで頑張ってきたのも、ふたりがいてくれたからこそだろう。だから、一緒に喜んでくれるのがほんとうに嬉しい。

「さて、クライヴ。お前には騎士として大事なことを聞かないとならない」

「え？」

「この前の試験で、お前の言葉が根拠のない自信から、はっきりした覚悟に変わったことが俺に伝わってきた」

「はい！」

「じゃあ、その覚悟とはなんだ？　あのときと、同じなのか？」

「それは……」

クライヴは今までの戦いを思い出していた。

フィリスと共にダンジョンを歩き、そこでエリスと出会った。

彼女が来てからは騒がしい日常へと変わったが、楽しい日々を送ることができたのだ。

こうして自分が変わることができたのも、ふたりの少女がいてくれたおかげ。

クライヴにとっての覚悟とは、もう、たった一つだった。


「――誰かを守りたいという気持ちです！」


クライヴは叫んだ。あのときと同じ決意を、あのときとは少し違う心で。

「僕にはフィリスとエリス。ふたりがいてくれたから、ここまで強くなって……本当の覚悟を持つことができたんです！」

すると、デュアリスは満足したように頷いたのだった。

「騎士というものが、わかってきたみたいだな。今の言葉からは、俺も本気を感じる」

「じゃあ……」

「入隊おめでとう。今以上に鍛えていけよ」

「はい！」

「それでさっそくなのだが……」

「？」

デュアリスは、悪びれもせず唐突な説明を続けた。

「最近、地方で魔物が暴れているという報告がきている。いきなりの前線にはなるが、お前の力を買ってのことだ。頑張れるな？」

「ま、任せて下さい！」

クライヴは胸に拳を当て、気持ちをアピールした。いきなりではあるが、初任務だ。嬉しくないはずがない。

「よし、じゃあ……支度をしろ」

デュアリスの命令を受け、クライヴは意気揚々と家に向かった。

その道中で、

「父さん……!?」

父親に会ったのだ。

「どうやら本当に騎士になったみたいだな」

「うん。僕、これからは騎士として頑張るよ」

「へっ。簡単に根を上げるんじゃないぞ。弱音を吐いて戻ってきても、家には入れないからな」

「父さん……！」

「まったく、団長自らが俺のところへ来たんだぞ。どんだけ期待されているんだか」

「団長が……！」

デュアリスの心遣いまで知ることができて、クライヴもより気を引き締めていた。

「よかったね！　さあ、クライヴ。もちろん、私たちも一緒に行くからね」

「あたしもだよ！　ご主人様！」

「フィリス……エリス……！」

そうだ、どんなときもこのふたりを守るんだ。

そして、その大切な人々を。街を。エリスのような、自分の助けを待っている者たちを……守る。

それがクライヴの、これからの人生だった。

クライヴはそう誓ったのだから——どこまでも広がる青空に向けて。

END

あとがき

みなさま、ごきげんよう。愛内なのです。

祝キングノベルス創刊!!

今回は、大人気オンラインゲーム『ドラゴンプロヴィデンス』のノベライズを、やらせていただきました。異世界ファンタジーの世界で、様々なアルカナたちとパーティーを組み、冒険していくＲＰＧ作品です。

今作は、登場するメインキャラは小説オリジナルのものとなっており、ＤＭＭゲームズさんのご厚意もあり、自由に書かせていただきました。メインは、キャラ同士の掛け合いであったり、エッチではあるのですが、ゲーム的な要素もいくつか散りばめております。もし、今作をきっかけにゲームにも興味を持っていただけるようでしたら、ぜひともプレイしていただければと思います。

それでは謝辞に行きたいと思います。
イラストを描いていただきました「方天戟」さん、可愛いらしいイラストをありがとうございます。ムチムチしたイラストが非常に艶めかしく、大変素晴らしいと思います。

そして、書籍の監修をして下さいましたＤＭＭゲームズのみなさま。締め切りが遅れてしまいご迷惑をおかけしてしまいましたが、どうにか本にすることができ、嬉しく思います。これからもゲーム制作のほうも、頑張って下さい。

最後にここまで本を読んで下さった読者の方々。ゲームファンの方やゲーム未プレイの方もいらっしゃると思いますが、手にとっていただき本当にありがとうございます。

それでは紙面も尽きたようですので、次回作でお会いいたしましょう！　バイバイ！

二〇一五年十一月　愛内なの

キングノベルス

小説ドラゴンプロヴィデンス
花嫁ハーレムの作り方!?

2015年 12月 1日 初版第1刷 発行

■著　　者　愛内なの
■イラスト　方天戟
■原　　作　DMMゲームズ

発行人：久保田裕
発行元：株式会社パラダイム
〒166-0011
東京都杉並区梅里2-40-19
ワールドビル202
TEL 03-5306-6921

印 刷 所：中央精版印刷株式会社

 KN001

KiNG novels
大石ねがい
illust:もねてい
異世界で魅了チートを使って
奴隷ハーレムつくってみた
「小説家になろう」の男性向けサイト
【ノクターンノベルズ】から、新進気鋭の
異世界覇王伝が、早くもノベライズ！

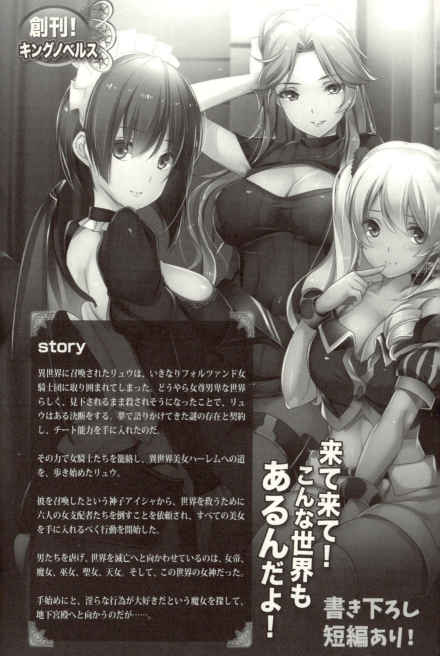

Paradigm
ぷちぱら文庫
creative
魅惑の美少女が
文庫レーベルでも、
毎月登場中!
愛内なの
illust: TAKTO
VRMMOの世界で
セックスで無双
チートハーレム!?
うたのはかせ
illust: ねよんさん
子作りしたい美少女たちが現れたので
セックスハーレムを作ることに決めました
愛内なの
illust: ここあ
異世界にクラスごと転移した先で
ハーレムライフ!?